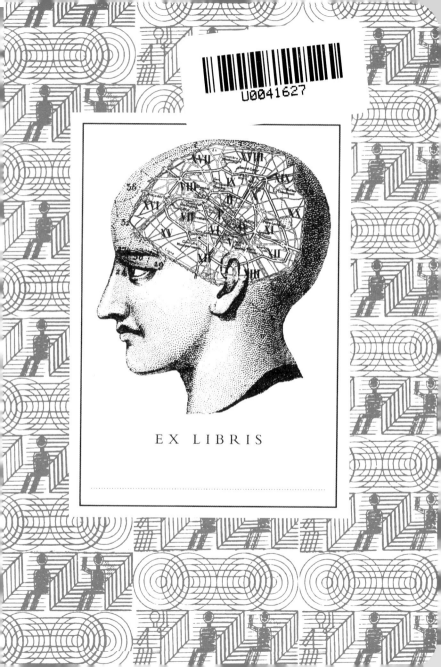

EX LIBRIS

巴黎·異想

PARIS
out of hand

{ a wayward guide }

有翅膀的男人

巴黎·異想
PARIS
out of hand
{ a wayward guide }

KAREN ELIZABETH GORDON
凱倫·伊莉莎白·高登

——合著——

BARBARA HODGSON
芭芭拉·赫吉森

NICK BANTOCK
尼克·班塔克

廖婉如——譯

馬可孛羅文化

給所有巴黎戀人最天馬行空、放蕩不羈
極具誘惑的旅行邀約

如果你沒去過巴黎，那麼《巴黎·異想》不適合你。如果擠開包圍羅浮宮蒙納麗莎與斷臂維納斯的遊客、奮力留下一張獨（家跟名作的合）照，湧進香榭里舍的LV店買幾個包，塞納河喧騰的「蒼蠅遊船」(bateaux mouches)之旅，爬上艾菲爾鐵塔是你規劃的必遊景點，那麼你大約會對《巴黎·異想》推薦的觀光名勝感到失望，因為你要的肯定找不到——還不若從出入美食殿堂的米其林食評、精打細算的背包客或者寂寞星球的遊人那兒，得到更懇切務實的旅遊建議。

《巴黎·異想》也不像海明威《流動的饗宴》，能帶你重溫一個失落年代的風華，於左岸尋覓那些曾在花都交會的偉大心靈；它喚起的是塞納河裡依稀浮現的鐵塔倒影（別忘了塞納河映照不到艾菲爾塔），藉由過往幽魂與狂野想像愛戀和褻瀆的巴黎。它集結一票極輕佻又無比認真的作家、設計師、攝影師，精心打造帶著懷舊意趣、混雜超寫實與幽閉哥德風的手繪圖卡、影像、拼貼、圖騰，去烘托光怪陸離卻哄得你拍案叫絕的奇文，介紹你似曾相識而從未見識的異想巴黎——且看慣於遊走語言學迷宮的作者凱倫·伊莉莎白·高登 (Karen Elizabeth Gordon) 前作《豪華版及物吸血鬼》(*The Deluxe Transitive Vampire*)，以吸血鬼與狼人充斥的語句和通篇妖魔插畫，化枯燥的文法說明為語言不斷吸血變形、創造新生的妖異佐證——你也該猜到她獻給你的巴黎鱗爪，真是帶著鱗片跟爪牙的！

大膽地跟著《巴黎·異想》進入地下洞穴，入住鼴鼠旅館，睡上同熱騰騰的新聞每日更換的床單——你不須交待掛在把手或塞進門縫的報紙，印在床單上的《費加洛報》，保證讓你即時掌握最新資訊。喜歡中古情趣的，可以待在中世紀小旅店，聽屋頂上的獨角獸啼聲、與石怪笕嘴說話，瞧見克呂尼博物館《仕女與獨角獸》裡的小狗走出織錦畫，蜷曲在遊客的腳邊；想減肥的，記得提早預訂人氣最夯刑具齊備的地牢房。

如果你風雅多情，留意到法文的脣（lèvres）與書（livres）就是一個字母之別，也依戀書頁如雙脣孺慕相親的婉轉旖旎，你會喜歡絕無僅有的脣與書博物館。一進門就是曼雷設計的脣印迎賓，入館門票是壓在你手腕的吻痕；享受參觀的私密體驗之際，如果你的書被嘴巴咬住了，會有隨傳隨到的牙醫服務。

你想得到兩全其美這家小店，賣胸罩也賣下酒菜嗎？說實在，內衣鋪（brassièrie）與小酒館（brasserie）不過相隔咫尺，何必天涯？於是中午時段用餐的客人有眼福了，可以欣賞精采的時裝秀；更衣間裡的顧客不用擔心繁複的蕾絲束帶，讓你試穿試到頭昏眼花血糖低……點杯啤酒配上亞爾薩斯風味餐吧！一邊大啖美食一邊繫緊馬甲上細密的排扣，要把香腸酸菜夾在乳溝裡下酒，相信也沒人反對——還真是只有巴黎，才容得下這般似荒誕不羈的複合式經營與想像，正正經經地讓你恣意邪淫嬉鬧。

擔心層出不窮的文學、藝術、歷史掌故、名人八卦、文字遊戲把你淹沒，讓你無從分辨何為真實何為惡搞嗎？這本極為用心的創意書，除了作者恣意橫加用以澄清與混淆的眉批、評論、詞庫、小廣告，還有編譯苦心撰述的注釋，如此天衣無縫嵌入設計拼貼的畫頁，包你在英法文化異同的薄冰上自在滑行。

但最終，你看過笑過斥責過也讚嘆過了，且放下所有矜持顧忌，開展屬於你自己的巴黎異想之旅吧！這本特立獨行、刁鑽蠻纏的小紅書，就是要搔到你那悶騷的癢處、解放你不可告人的欲望，讓你盡情顛覆、輕薄、愛憐、膜拜巴黎：把它當作你此生的戀人，以最敬與最不敬的姿態，與它枕畔纏綿、在它身上撒野，你可能樂如翱翔天際，也可能踩得滿腳大便……（Merde!）於是你知道這偉大城市的聖潔與猥褻，因為它夠豐富底蘊夠札實，禁得起人捧在掌心細細鑑賞，也能不在乎地任人恣肆糟蹋，永不失其光輝燦爛與深邃無垠。

林郁庭——作家、永恆的巴黎戀人

　　我是這本書的美術完稿設計，也是讓這本書印製成本增加而售價拉高的那位可惡始作俑者，因為是我建議比照原書的製作規格，希望能原汁原味忠實呈現看得到觸得到的一切。這樣的建議不是無理取鬧，而是背後有著相當程度對作者群們的敬重與認同。我與這本書的相遇是在十多年前，完全是因它的整體設計而珍藏的，它的出現在當時啟發了不少人的設計概念延伸。

　　外型端莊高雅且有教養是它給人的第一印象，霧黑的烙印經典字形，比例完美的紙標浮貼在低調凹陷的框弧中，如此居中沉穩的編排鋪陳與細緻做工，而顯現於外的氣韻，不得不讓人止步立正對其行注目禮。最夠力的是它選擇棉質紅色外衣，而這紅──豔卻顯不張狂，它還懂得增添優雅的技巧，裁減柔順的圓弧肩線，自然成形的皺摺隱約收邊在繁華的扉頁裡，所有好品味潛藏在其中。而它的大小也令人愛不釋手，是可以喜孜孜把玩於手的那種個子，硬挺的書殼也承載的了主人對它歷久彌新的喜愛，因此經典之所以經典，請別忽略了累積自這些純手工的製作流程。

　　且偷偷告訴你們，在它臉上那座倒反的巴黎鐵塔已經暗示著，在它如此正經嚴肅的外表下，內在可是藏有相當荒誕不羈的搗亂因子。絕不是印刷廠員工加班打瞌睡而貼反的！

鄭宇斌──A⁺DESIGN平面設計師

　　巴黎承載了太多過去所遺留下來的浪漫情懷，在人類史上幾乎同等於「時尚而美好」的代名詞，是個去過還會想再走進巷子裡多繞兩圈的都市。不過作者筆下的巴黎並非我們所認知的那樣輕柔，反而比較像是羅特列克畫筆下帶點寫實的午夜巴黎，空氣中還瀰漫點煙味和微醺時的喧囂，桀驁不拘同時帶點不合理的超現實趣味。透過旅館內房客留言本的線索拼湊，我們看到的是一場場短劇般精彩的小旅行。

鄒駿昇──視覺藝術家

　　不要被出版社騙了！這根本不是單純的巴黎旅遊指南！當我才剛翻到「住宿篇」的「茉莉旅館」，心就犯癢了，然後什麼「牧女歌舞廳」、「白鴿餐廳」、「鑽孔咖啡館」、「壓驚局」、「蝙蝠公園」、「脣與書博物館」、「木偶教堂」、「潘大隆褲莊」……每個地方都讓我血壓亢奮、眼眶泛淚。所以我衷心地認為，這不是膚淺的觀光手冊，根本是直上「建國大綱」的格局！如果我們的市政能依據書中的描述來打造規劃，台北市一定成為人類歷史上最好玩最瘋狂最精彩最刺激最有味的美好城市！

馮宇——IF OFFICE有限公司負責人

　　這是一本巧妙地將所有我們對巴黎可能感興趣的「文化準備」融入一段段異想之旅的奇書，帶領我們進入意想不到的巴黎新世界：不論你是否曾經造訪過巴黎，都能隨著書中精彩的描述，仿如重新認識這座迷人的城市。即便已經對巴黎感到厭倦、甚至感染「巴黎症候群」的人都能因身歷奇境般地體驗她不為人知、幻化萬千的樣貌，而對這座城市充滿愛戀；更能滿足未至巴黎、心嚮往之的人心中的諸多期待。它所揭露的不是典型的巴黎，但是它所栩栩如生般呈現的異想巴黎，卻是比真正的巴黎更引人入勝地處處充滿著令人遐思的巨大魅力。

林鴻麟——《巴黎症候群》作者

目次・CONTENTS

Fig.1.

Le verre de l'univers

PARIS

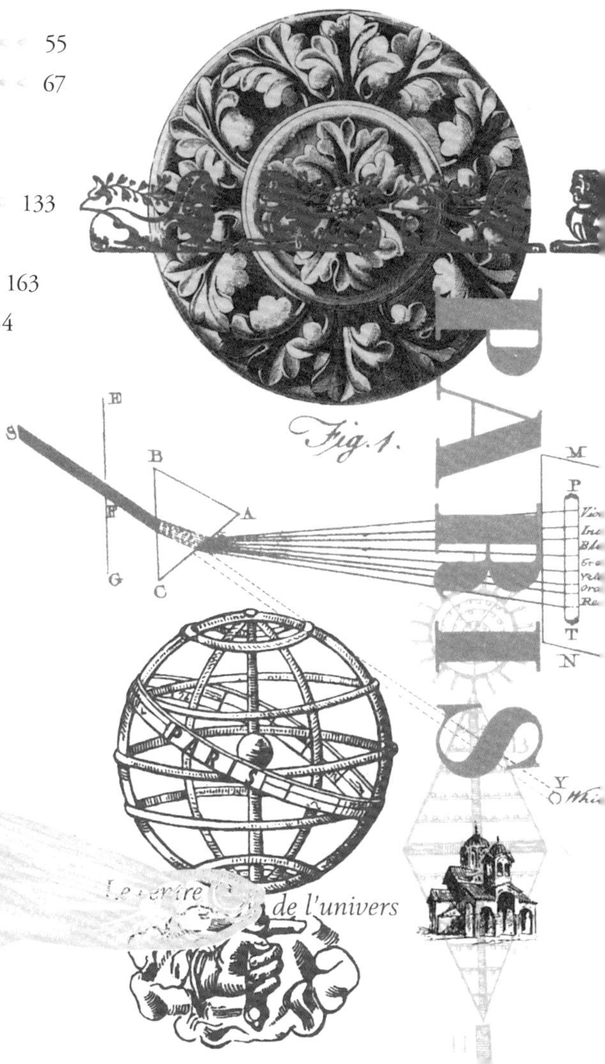

引言・INTRODUCTION

　　《巴黎・異想》並非一般的旅遊指南，無意在你動身前往左岸的旅館或羅浮宮之前，對你大力推銷巴黎。有了這本奇異的書，你將不再是一般遊客——假如你曾經是的話。它天馬行空，但就在你手中；親愛的讀者，這是用心才能領略的巴黎，也是意想不到的巴黎，這是在光之城和影之都四處走晃的旅遊見聞。讓我們展開一趟超現實的歷險，一同揭開層層疊疊的意義，說不定還會在旅館床舖上巧遇拎著縫紉機的米其林先生呢。

　　琢磨細節，打破陳窠，我們引領你瀕臨可能發生的事，然後丟下你獨自嬉鬧、在頓悟和欲望中探尋。巴黎是理性之都，也孕育離經叛道的奇想，在這座荒誕劇場[1]裡，各類藝術求新圖變，呈現它們所感知的現實。一而再地，我們言之鑿鑿地述說一個貌似不真實的城市，藉此來揭露真實存在那裡的巴黎，暴露她詭祕的魅力和威脅，從而勾勒出經典的巴黎。在那裡你會出乎意料、不可思議地感到舒坦自在，任由想像力奔馳，不管是在「非洲食蟻獸旅館」、「崔納旅館」或「方舞旅館」。而在「阿波利奈爾機場」過海關時也絕不會有問題，因為在那裡坐鎮的正是關稅員盧梭[2]。此外，外匯兌換不以法郎、美元或黃金為基礎，而是視眼神、皮膚、腳和笑聲而定。

　　《巴黎・異想》模仿最傳統的旅遊指南格式，藉著許多搞笑的顛覆，把平凡的觀光客變成機靈快活的探索者。正統的旅遊指南呈現單一的觀點，但是在本書裡，你會發現當今大都會裡的多元聲音，它們訴說著故事，指引著方向。事實上，這城市書寫自身，彩繪自身，用她的車票、門票、鈔票、海報、街上招牌——就連「鼴鼠旅館」提供的《費加洛報》，也讓住客親身體驗立體派繪畫和詩作。

　　相片、拼貼、地圖和插畫和文本串聯一氣，使你搖身一變成了大膽的旅人。旅館評鑑等級從舒適到折磨，每顆枕頭無不翻過，每吋壁紙無不細究，每張床單無不平整。因為床鋪成了巨大筆記本，而入住者需要盡情記錄他們的印象。懷著尊敬與不敬對待這座城市，肆意地晃過每個轉角，這本愈讀愈離奇詭怪的指南，在匆匆瞥過現實最尋常表面的同時，引介了那些大膽新穎、美好卻被遺忘的層次。

　　此本導覽書歡快地破除因襲，狂野地舔舐巴黎，褪去她的衣物，而她也走上自我探索之旅，端詳著自身映在塞納河上的倒影——詫異地發現你正回望著她。因為你在這書裡非常重要，你不僅會在其中找到一席之地，也會闢出自己的一片天。這巴黎，人們漫步其中、吃喝其中、擁抱之、更新之、愛慕之，卻又始終幻化莫測。她的眾多面向、細節、產物輝煌驚人，都是以她自身的歷史、文學和藝術為根柢。從熱烈的挖掘探索當中，我們透過想像的巴黎認識了真正的巴黎，且深深為她喝采。

　　在這脫韁的巴黎，你可能會在半夜換旅館，從春色無邊的「茉莉旅館」逃到抽屜印有巴黎地圖的「扶手椅旅館」，從涕泗橫流的「哀嘆旅館」逃到古趣盎然的「中世紀小旅店」。如果你到巴黎來是為了逛街購物，那就帶著你最愛的一首詩，最好是你的大作，到「詩意的屁股」這間褲子店走一趟，很快就可以把詩繡在屁股上。由於這間店其實並不存在，你不用擔心頭一次洗滌時繡字會滲色。遍布整個巴黎的「莫里哀百貨」能夠因應你的各項需求，從藥品、侮辱到豬肉。如果你想要多一點豬肉，外加在試衣間扭身脫衣的機會，不妨到「兩全其美」小酒館兼胸罩店，你可以一面試穿內衣，一面往嘴裡塞阿爾薩斯香腸且大灌啤酒。

　　這城市放縱你馳騁奇想，但也必須接納她。如果你在中央果菜市場西邊右轉，赫然發現自己彷彿置身開羅，請別太訝異。如果你用光了埃及幣，快快到「埃及信託」走一趟，那裡的拿破崙木乃伊是一臺顯示象形文字的自動櫃員機，可以立即搞定匯兌。

　　至於夜生活，你可以到「頑鼠夜總會」跟城郊人鬼混，到「托本莫里圓形劇

場」登臺演出或當觀眾，或到「含情脈脈」夜總會看淫蕩放浪的妞兒們看到驚呆。「達達咖啡館」會因為你的玩世不恭而熱情歡迎，「納達咖啡館」可以讓你一窺巴黎的文學現場。假使你查看官方的巴黎分區街道圖，找不到這兩家咖啡館，也找不到它們所在的街道，不過閱讀這虛擬巴黎裡捏造的咖啡館，你會洞視這座城市的真實，它的存在與精髓時時在啟發新的可能性，從未停歇。

　　最後，你要擺脫我們的掌控，信賴自己的想像，那是真實旅程的起點；雖然沒有明確的路線，卻是如鏡中奇緣般的發現之旅——因為每件事都不是表面看起來的樣子。《巴黎‧異想》將顛覆你，徹徹底底，裡裡外外，它將灌醉你、愛撫你，然後把你帶到巴黎大街，要你打開心靈，睜大眼睛，留心幽靈與陰影、迷魅的廊街和各種語言的歡笑低語。

1　荒誕劇場（theater of absurd）：一九五〇年代源起於法國的戲劇形式，以光怪陸離、荒唐怪誕的戲劇手法反映人生的荒謬性。
2　即畫家盧梭（Henri Rousseau，1844-1910）。盧梭於1855年從巴黎一所收費站中退休後，始全力作畫，因此博得「關稅員」的稱號。

住宿篇 · HOTELS

在這傳奇的旅館裡，房門時而洞開，
露出詭異貝類空殼似的內部。
它的格局加深了原已詭疑的氣氛，即使功用很平常，
來來往往的人都說得出來。
長長的迴廊有如劇院的翼樓，串起許多箱子——
我是指房間——全在同一側俯視走道。

——路易·亞拉岡

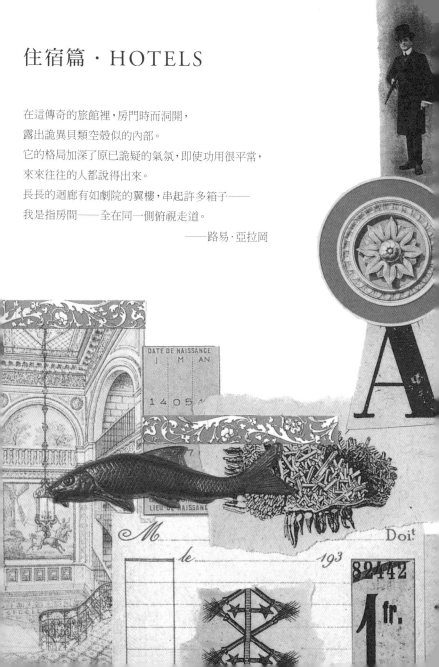

床鋪不舒適

坐浴盆位在房間中央

牆壁很薄（隔壁房客聽得到你的聲音）

牆壁很薄（你聽得到隔壁房客的聲音）

雙人房

更寬敞的雙人房

接受所有信用卡（或一概不接受）

請提高警覺　門房是包打聽

旅館附有理髮師

鑰匙不需留在櫃臺

房內附電話。
設有音量控制以協助不通法語的人。

報樓員蓄鬍（見頁33）

邱比特住過這裡

開夜床服務（留巧克力在枕邊）

開夜床服務（留魚在枕邊）

清楚標示逃生口

床舖可摺收

陽臺可摺收

旅館牙醫隨時待命

免費打電話回家找媽媽

旺季／淡季價格

荷蘭鬱金香花季期間歇業

歡迎抽雪茄的住客

保證美夢連連／惡夢消失

保證失眠

公共場合不需戴土耳其氈帽

保證隨時提供快捷入住手續

安哥拉跑腿

這不是旅館[1]

---

1 這不是旅館（Ceci n'est pas un hôtel）：模仿比利時超現實主義畫家馬格利特（René Magritte）名畫標題「這不是煙斗」Ceci n'est pas une pipe造的句。

奧斯曼旅館
Hôtel Haussmann
戴洛斯克街75號

所有房間
都聽不到風車聲

不再提供
路易十八坐浴盆

做好長途步行
的心理準備

奧斯曼旅館・Hôtel Haussmann[1]
房客留言簿

　　我真不敢相信你們膽敢放一本房客留言本在這裡，你們的欺瞞行徑處處顯見，實在太不像話了——首先，在我打電話來跟洛洛旅館訂房時，你們沒告知我旅館名稱改了，幾年前我在那旅館住得蠻愉快的。我想你們大概以為仿效奧斯曼男爵的大刀闊斧，也在這小小的內部空間裡開闢通衢大道很好玩。你們究竟以為會有多大的人潮湧入這裡呀？一整支俄羅斯足球隊，外加一大群追著他們跑、嘻嘻鬧鬧的玩伴女郎嗎？還是說這開闊的氣氛隱含著高楚人[2]懷想南美彭巴大草原和水平性暈眩的鄉愁？當我走在你們寬大得荒謬的走廊時，發現你們最別緻的一些房間和擺了雙人沙發的凹室已經拆得不留痕跡：譬如可以看到對街阿帕契旅店二十二號房的十七號房（我清楚記得那窗外風景，我曾經和住對街的一位醒目的房客交心地聊了好久，她是蘇格蘭來的演員，在《糖獸》[3]一劇裡客串演出）、有路易十八坐浴盆的四號房、還有輕鬆怡人的早餐室——住客很自然地會在睡夢中穿著拖鞋曳步而入，夢還纏在他們頭髮上。

　　最教人不寒而慄的是，你們在沒被奧斯曼男爵染指的區域大搞平面配置和幾何結構——那田園般純樸、髒亂邋遢、遺世獨立的蒙

馬特，即使磨坊早已消失，仍然聽得到它們在刮風的夜裡軋軋作響。不用說，我馬上辦了退房，帶著感傷逃之夭夭。我打算到瑪黑區去，如果憂喜旅館或卡琳頓旅館還有空房的話，在那裡你起碼知道可以期待些什麼，他們甚至用戲服和道具佈置旅館呢。

別哭，親愛的旅人：

洛洛旅館的記憶並未消逝 (vanished)，

只是被潤飾 (varnished)，

反覆以洛洛藝廊的形式進行預展 (vernissages)[4]。

我們認為沒必要詳細描述這間旅館，因為這篇房客的責難道盡了一切。事實上房客留言本只會引發一時的評論，但因為當中多半是謾罵，公諸於世會嚇走很多潛在的蠢蛋。我們足智多謀的一名組員支開了夜班員工的注意力夠久，好讓另一名組員從一大疊永不會抵達收件人手中的信件（包括一些快遞信件）底下摸走了這本簿子。

1 奧斯曼男爵 (Georges Haussmann，1809-1891)：行政官兼都市計畫師。拿破崙三世於1853年任命他負責對巴黎進行大規模改建，現今的林蔭大道即出自當時的規劃。他的都市計畫也摧毀了大部分的中世紀城區，使得許多具有歷史意義的建築灰飛煙滅。

2 高楚人 (gaucho)：南美草原地區的牛仔，特別指西班牙人與印第安人混血者。

3 糖獸 (Les Monstres Sucrés)，取聖獸Les Monstres Sacres的諧音打趣。十九世紀時法國人稱劇場的超級明星為聖獸，意指舞藝演技高超的人，如獨角獸般神聖。《聖獸》也是法國著名詩人、作家考克多 (Jean Cocteau) 的一齣戲劇。

4 Vernissage字面意義即是潤飾 (varnishing)。

憂喜旅館‧Hôtel Souci Rigoli

拉摩尼街10號

房 客 留 言 簿

我從開闊到直比彭巴大草原的房子來到憂喜旅館。我的朋友，也是阿根廷抽象藝術家艾爾‧高楚‧幾何[1]就住在那棟大房子裡，他在那裡下廚、玩味形體和光影。來到這裡之前，他堅持買下我們在庇里牛斯街看上的一雙峇里島靴子，好讓我的雙腳禦寒保暖。當他看到我的房間，他哀傷地說：「這根本小到像兔籠。」我認同。「不過住的可是隻狡兔[2]呢。」

頭一夜我盯著床底下那雙靴子，心中感動莫名，於是在一截紙片上寫了一首詩，然後撕成兩半分別放入兩管靴筒內。之後我才找到枕頭下的筆記本，內封的「憂喜旅館」字樣旁寫了我的名字。我的室友是幾個地鐵樂手，待在房裡各練各的小提琴、大提琴、薩克斯風和床墊彈簧，但有兩個從英國康瓦爾來的除外。晚上的時間這兩人如果沒用塞爾特式的哀號在地鐵車廂內引起暴動，或在鋪石街（rue Pavée）吃北非小米，就會在這間其實是閣樓的十一號房裡織圍巾和帽子。有個從阿拉巴馬來的雕塑家兼豎笛手，一直錄下我打字的聲音，編入他作的「豎笛與打字機二重奏協奏曲」，這曲子即將成為《村聲》創報開幕酒會的背景配樂。

我那雙及膝的靴子涉世頗深。每當我想談談我們的所在之處，不管是形而上或形而下的層面，它便裝出一副無辜相。於是我叼起飄著裊裊青煙的吉丹牌（Gitanes）[3]香菸（還能是什麼牌子？）展現我無比的耐性和不在乎。

——K

---

1 此位房客就是前文從奧斯曼旅館逃走的同一人。他的朋友中間名即為高楚，因此留住在奧斯曼旅館比彭巴草原還大的房子裡，而他的姓氏則是幾何學（Geometrico）一字的變形，所以會玩味形體和光影。

2 狡兔（Lapin Agile），蒙馬特著名的夜總會，已有逾百年的歷史，上世紀之交為騷人墨客流連之地，畢卡索亦以畫筆為狡兔裡的演出留下永恆的印記。

3 法國著名香煙品牌，亦是吉普賽人、流浪者之意。

憂喜旅館房客留言簿上有用的法文詞彙：rigolo：好玩的、逗趣的／rigolade：玩樂、嬉耍、逗趣的作怪／rigoler ：找樂子、與本書旨趣一致的意義／juste pour rigoler：只管找樂子／souci ：擔憂，焦慮／sans souci ：無憂無慮

假使你要在巴黎待上很長一段時間，而憂喜旅館（Souci Rigoli）對你安靜的研究和不檢點的行為來說太過喧鬧（rigolo）了，不妨考慮找聖克萊門汀木匠旅社這類的民宿型旅館投宿。這裡的房價稍低一些，如果天花板別那麼低，還算不賴。但你的室友難以捉摸，完全不受張貼在門上或旅館人員隨時隨地執行的住宿守則所規約。這家聖克萊門汀位在第十一區，在第七區有家更幽靜的分店，客房從斯巴達式的狹小簡樸到寬敞優美不一而足。

異鄉人旅館所在的建築物，是本世紀第二個十年間，由費亞德執導的驚悚系列《千面大盜方托瑪》[1]的拍攝地點。就現今的外觀而言，它比較適合異鄉人而非異國人[2]入住，不過這裡的員工可不會給卡繆筆下那種異鄉人好臉色看。異鄉人旅館歡迎旅客帶著他們的影子上門，對旅館有疑慮的影子[3]將得到最無微不至的服務。淡季期間分身（Doppelgänger）[4]住房半價，雖然分身理應要幫忙照顧旅館裡的失眠者。

這家旅館的政策給了一九八三年下榻於此的一位加州釀酒人靈感，從而釀製了一款新酒：教

聖克萊門汀木匠旅社

Hôtel Residence Sainte Clémentine Le Charpentier

殉道徒然街49號之1

天花板很低

異鄉人旅館

Hôtel des Etrangers

伊昆大叔街56號

假使有人問起請這麼回答：
＊Mon Doppelgänger travail au noir dans un autre hôtel ce soir—il est obsédé par les chaussures. 我的分身今晚在另一家旅館兼差—— 他對鞋子有種迷戀。

給予一則祝福：
祝 faites des beaux rêves（一夜好眠）而非 un cauchemar（夢魘連連）
（見頁26：失眠的夜）

皇新影[5]。請注意，儘管異鄉人旅館給予分身優惠，也對失眠者和在走廊上夢遊一事寬宏大量，給小費的規定卻相當嚴格：旅館上下所有員工一概不接受在達達咖啡館用餐後找零的外國硬幣，否則你就等著迎接長期的激烈罷工，宣言朗誦，清潔婦吟詩，撕碎後散落一地、充滿阿爾普[6]風格的達達藝術紙片；或者是大半夜忽然被罷工的門房叫醒更換房間，結果作夢被打斷，有些人再也想不起或回不去原本的夢裡——嗯，這樣你心裡有譜了吧——異鄉人員工對那些雜拼小費很反彈，不管那些鑄幣如何反映了東、西方國家的形貌變遷。當然，一旦歐洲由歐元統一，所有的舊幣都具有懷舊價值，新的協商也會產生。而異國人住客和陌生人住客的差別，說穿了就是待在這裡的幾個星期悲不悲慘。

1 《千面大盜方托瑪》（Fantô-mas）：法國史上最受歡迎的犯罪小說系列之一，其中飾演方托瑪的影星也在電影中分身扮演記者，改編電影中的好幾部由默片先驅費亞德（Louis Feuillade）所執導，原文故意將Feuillade寫為Reuillade。

2 法文的étranger可指外國人或陌生人、局外人，卡繆的名作《異鄉人》（Etranger）也取這個雙關語意，通譯為異鄉人，大約想抓住異地與疏離之意；而這裡英文的陌生人（stranger）與異國人（foreigner），是玩弄分辨同一個法文字（étranger）的不同意義，再開卡繆的玩笑。

3 有疑慮的影子（shadow of a doubt）又有「絲毫的懷疑」之意，同時也是美國驚悚片名導希區考克（Alfred Hitch-cock）1943年作品《辣手摧花》的片名。

4 Doppelgänger是double之意，即跟自己面目酷似的另一個人（影子與本尊的地位是不對等的，但double是如雙生般同等的二人），在西方文學傳統裡是不祥的，通常是死亡的徵兆。

5 教皇新影（shadow Neuf du Pape）：取著名酒莊「教皇新堡」（Châteauneuf-du-Pape）的諧音打趣。

6 阿爾普（Jean Arp, 1887-1966）達達派藝術家。

茉莉旅館 · Hôtel Jasmin

房客的好評

喂，我以為我來到巴黎是為了尋求心靈的平靜！朋友問我：「幹嘛去巴黎？何不去峇里島或馬丁尼克島？」所以我一到這裡碰上什麼事？我在阿波利奈爾機場搭上計程車，順著忠貞街來到天堂街。至此一切都很好，所謂忠貞帶你到天堂，這條街上賣的全是水晶品，看看櫥窗展示便知。但是接下來我們在欲望拱廊街正對面停車，那裡聚集了三十二隻發情的貓，有位婦人正拿鯖魚[1] 餵牠們。你以為我有時間去法國文化協會找在那裡教菜鳥的犀牛？——我就像在欲望裡沉浮的那些妓女貓，在羅丹的雕像作品「加萊義民」前像貓一樣弓起背打滾（它們稍稍抽搐了一下，以示回應），穿著緊身褲的腿磨蹭著路易十五的椅子——跟這間廉價但春色蕩漾的旅館裡的其他人一起整夜叫春。

茉莉旅館
Hôtel Jasmin
無褲漢薩希街69號

在浴室：「在那純淨閃亮的大理石棺裡，甜美的水靜歇著，溫暖無瑕姑娘的身形……迷離的花香攪動記憶，輕撫或渲染裸者朦朧的欲望……心緒在夢裡開枝散葉。」
　　　——梵勒希 Paul Valéry

梵勒希確實寫下這首詩，之後引述的他人創作亦然。

---

1 maquereaux，鯖魚，又指老鴇。

扶手椅旅館
The Hôtel Fauteuil
火柴街189號

 連鎖旅館

這家便利的旅館貼心地提供顧客地圖,而這地圖就貼在衣櫥抽屜底面,可讓顧客抱著一抽屜家當到處趴趴走之際,確保他們絕不迷路。這座連鎖旅館集團在馬萊(Malle)和埃勒給思(Aix-les-Caisses)[1] 也設有分店。

1 malle和caisses都有(行李)箱之意。

鼯鼠旅館
Hôtel Taupique
主要地鐵站均設有分館

巴黎唯一一家真正坐落在地鐵站的旅館,房間分為兩種等級:四處流浪、乞討,通常帶著一瓶酒的遊民等級,以及富豪等級。鼯鼠旅館最特殊之處是他們提供的床單和枕套。在遊民等級的翼樓,住客被邀請在最新版的《費加洛報》上歇息,他們的小睡由更富有的鄰人資助。富豪級套房的住客,則睡在印有最新版《費加洛報》的三百織紗數的床單。床單每日更換,因此人人可以掌握當天新聞。鼯鼠標榜的不僅是地鐵站總很悶熱的熱帶氣息,還有對時事的熱中,因為富豪級套房的住客睡在上頭的新聞都是熱騰騰剛出爐的。

雖然這情況不多見,但偶爾還是會看到住客匆匆忙忙地快步衝進即將離站的地鐵車廂,衣服翻出提袋和皮箱外,刮鬍刀或吹風機還拿在手上。從那半籠罩在清晨五點晦暗中的臉,以及部分梳理但部分扁塌或蓬亂的頭髮,你不難猜出是鼯鼠旅館的住客。

鼴鼠和鼴鼠窩（Taupinière）旅館是姐妹店，後者坐落於市郊的地鐵站，不全然在地底下，因此要拈花惹草、修指甲或欣賞樹雕（taupiary）之樂也更為方便。灌木並非全都修剪成鼴鼠狀，也可見到獅頭羊身蛇尾的怪獸、驢子、駱駝、猴子，和搭巴黎郊區快線（RER）出城的乘客造型。入住鼴鼠窩旅館期間，假使運氣好，說不定會碰上某個樹雕師傅請你當模特兒。如此一來，你可以從附近的報攤訂購印有你枝葉版身形或叉腰扭臂正面的明信片，如果那師傅要你擺個撩人姿勢的話。假使你不介意住得離市中心遠一點，這旅館是個經濟實惠的選擇，房價是觀光區旅館的一半。

這兩家被簡稱為鼴鼠的旅館，在管理上有項政策是僱用近乎眼盲的人來負責旅館的一般庶務——他們為有錢人或流浪漢鋪床，端咖啡和可頌麵包，並接待房客入住。

（根據鼴鼠旅館的茶几上所放置的文獻）

長久以來，這隻小鼴鼠早早就寢。有時，夜色一使牠的洞穴暗下，牠的頭已經迅速垂落在爪子之間，甚至連說聲「我要睡了」的時間也沒有。半小時後，「該去睡了」的念頭喚醒了牠——牠希望睡在牠深信依然操之在爪的土地上。

——吉特·拉斯高
Gilbert Lascault

時鐘旅館
Hôtel des Horloges
時鐘街6號

姑且不論就空間上來說不可行，這裡確保住客精確地以某時區的時間作息。時鐘旅館和別具特色、以時間說明一切的「時鐘情境博物館」大不相同，這裡是我們所知唯一一家不會問旅客「先生（小姐）您希望我們明早幾點叫您起床？」的旅館。在這裡他們會問你「您希望過哪個時區的時間？」而且任何時間他們都會配合。因此，風

在時鐘旅館不會有這種問題：

失眠的夜（une nuit blanche），字面翻譯成「白夜」

* 當你想對一名男房客貌似有理地詢問：「他」是幾點？[1] 請說：Quelle heure est-il?

1 法文「現在幾點？」（Quelle heure est-il?）中的代名詞il，也是人稱詞「他」。

塵僕僕的旅人在下午五點抵達之際，可以要求把時間調成早上九點，然後在打開行李梳洗過後，步入清新的早晨微風中。這裡很受曾經擁護「時差論調」、而今厭倦在破曉時分坐在法航班機裡吃菲力牛排的人歡迎。時鐘旅館的經營手法令人稱奇，各個時區來的人都能得到妥善的安頓。

崔納旅館
Hôtel Triana
托普維爾大道428號

和淘氣大象巴柏（Au Hasard Babar）兒童餐館一樣，崔納旅館很受小孩子喜愛，尤其是心裡害怕卻又心不甘情不願地跟著爸媽外出旅行的小孩。員工大多是離家出走、不滿十四歲的孩子，而且事實上還在非正規的學校裡修學分。他們會把最好的房間留給自己，而且從不清掃。僕役都是大人，他們曾經是律師、銀行家、警察，所以你的房間會被整理得一絲不苟。假使你不介意角色顛倒，也能忍受偶爾的騷動，這旅館是你在城裡最划算的選擇之一——沒錯，這附近沒什麼書店，也沒有雄偉壯觀的建築——因為小孩子還不太懂那個讓大人世界持續運轉和無止盡負債，由欺騙和開銷所構成的複雜體系。

方舞旅館・Hôtel Quadrille [1]
克萊兒路6號

房 客 留 言 簿
歡 迎 您 留 下 寶 貴 意 見

八號房：M・侯瑪 [2]，來自紐約

我很喜歡這家旅館，它讓我想起住海邊的童年，而且住這裡真是太方便了。我想我沒告訴過你我頭一次是如何住進這裡的：負責我上回巴黎行的旅行社人員，很難得地會說法文（我很高興我家鄉大部分的人不會講法文，不然家族姓氏會被小孩無情地取笑），他覺得安排龍蝦先生入住方舞旅館的點子很妙 [3]——想必他也經常出入愛麗絲仙境。但我本身是生意人，容我給個建議：你們真該在枕頭繡上貴旅館的字母花樣，好跟鼴鼠旅館枕頭上的鼴鼠一較高下。不過，就算你們在我離開前真的在我的枕頭上繡了漂亮的字樣，也無法緩和我昨晚孤枕難眠的痛苦。我老婆天亮才漫不經心地回來，她這會兒仍在睡覺，身上神秘地有股深海的味道。

---

1 方舞（Quadrille）：盛行於十九世紀，由四對男女組成方陣的土風舞。
2 侯瑪（Homard），法文是龍蝦的意思。
3 《愛麗絲夢遊仙境》裡有個龍蝦跳方舞的橋段。

崔納旅館 · Hôtel Triana

我跟我女兒娜塔莎來這裡過復活節假期，只有我們倆，能這樣改變一下真好。我們去過卡納瓦雷博物館[1]，想像自己穿越了幾世紀的巴黎，當自己是中世紀拉丁區的學子、盧森堡皇宮（Palais de Luxembourg）裡的宮女、普魯士圍攻巴黎期間在街壘煽動叛亂的人。不能免俗地，我們也到凡爾賽宮看看金碧俗麗的傢俱（我讓她遠離鏡廳裡那些該死的鏡子）、勒諾特（Le Nôtre）規劃的園林和噴泉。我跟娜塔莎談到瑪麗皇后如何假扮牧羊女和噴香水繫緞帶的綿羊嬉戲，而那些綿羊恐怕比她還乾淨。我們毫不忌諱地聊這些事。事實上娜塔莎在法國文化協會的兒童班讀過英語兒童版的《聖西蒙公爵回憶錄》[2]，在那裡他們至少學會做千層派，對八歲大的孩子來說很了不起了。看見你們這些孩子經營自己的旅館啟發了她一些想法（她說她長大後要當「茄子」（aubergine），我想那應該是某位女主管的名字[3]）。參觀凡爾賽宮時，我們天馬行空地幻想王公貴族在那裡玩電玩——那些機臺就放在長廊，好讓戴假髮、臉上鋪了粉的老頑童在他們忙著灌腸和幹些小奸小惡的勾當之餘可以好好玩一玩（至少這是我想得到的；如我所說，我女兒看的《聖西蒙公爵回憶錄》內容有所刪剪）。今天是在巴黎的最後一天，我們去洋娃娃暨木偶博物館。我沒料到會在這博物館裡看到一些東西——這些在我們那本兒童版《小朋友玩巴黎》裡一件也沒提到。有個會說話的愚比木偶裝腔作勢地以各國語言說猥褻的話（我聽懂四種），這些還不包括他在雅里（Jarry）的劇碼《愚比王》（Ubu Roi）[4]裡說的法文，淫聲穢語也就罷了，更讓人生氣的是，有個籃子裡裝了各式各樣斷了頭的瑪麗皇后娃娃，這些怵目驚心的玩偶旁有個牌示寫道：瑪麗皇后

上斷頭臺之前的最後一個禮拜，陪在她身邊的就是這些洋娃娃，好讓她接受不久之後人頭就要落地的事實。沒錯，我們已經習慣自己城市裡的暴力和難以言說的恐怖，不過我們原本很希望在巴黎的最後出遊會是美好而文明的，也許還會到杏仁餅咖啡館喝個茶，怎料這些斷頭娃娃將是我倆最鮮明的記憶，說不定兩個禮拜後我們在波士頓吃晚飯時，還會彼此暗中使個眼色爆笑出來。感謝你們讓我們在此住得很開心。我們會留超多小費給你們的成人員工，他們看起來有點憔悴過勞。你們有沒有被告過虐待成人？我忽然想起巴爾札克的一段文字：「孩子！你把孩子帶到世上來，他們卻把你趕出去！」

——勒芳太太

---

1 卡納瓦雷博物館（Musée Carnavalet）館藏羅馬時期到現代的巴黎歷史文物。
2 由聖西蒙公爵（1675–1755）所記述當時宮廷顯貴瑣事。
3 這裡在開對法文一知半解的學習者玩笑，以為客棧（Auberge）加上陰性化的-ine，應該指「客棧女主人」，卻不知到剛好成了「茄子」這個字。亦可參見頁32關於拼法類似的茄子與客棧的玩笑。
4 愚比王（Ubu Roi）：法國戲劇怪才雅里（Alfred Jarry，1873-1907）的作品，內容荒誕不經，驚世駭俗，顛覆傳統戲劇的觀念和形式，1896年在劇院演出後，褒貶之論從未停歇。

中世紀小旅店
Petit Hôtel du Moyen Age
魔魅路17號

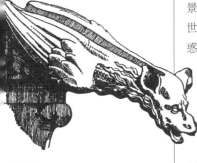

備忘：
une oubliette (地牢)，由動詞 oublier (遺忘) 變化而來。所以，當你入住這裡，小心別讓人忘了你。

男士須戴上相稱的帽冠

此非一滴浮油，而是一滴洗澡水

以石怪筧嘴做為洗臉槽和淋浴出水口，用髒雨水洗頭髮——中世紀小旅店是「一心想成為中世紀人」和「一直是中世紀人」進出的地方，儘管他們身上罩的鎖甲會發出些微的匡啷聲響。在這裡，你也會發現房客們以《玫瑰戀史》[1]裡的詩句對話，在掛著天鵝絨和織錦的大廳裡彎腰欣賞針景畫和古式小糕點。距離巴黎聖母院、克呂尼中世紀美術館、聖賽芙韓教堂，以及邏輯學家兼誘惑者兼聖人的阿伯拉[2]對勤奮學子講課的空地，僅有一石之遙。請記得，在中世紀，每顆石頭都具有某種神聖性或太有人性，所以撿的時候要當心。這家旅店以一種你永遠參悟不透的邏輯把它的原初狀態和現代舒適性融合在一起，假使你想入住人氣最夯的oubliette，也就是地牢，聰明的話趁早訂房，而且啟程之前吃胖一點。

中世紀小旅館：有禮貌的石頭一覽圖

---

1 《玫瑰戀史》(*The Romance of the Rose*)：法國中世紀由德羅希 (Guillaume de Lorris) 及德慕恩 (Jean de Meun) 所著、很受歡迎的一部愛情寓言長詩。

2 阿伯拉 (Pierre Abelard，1079-1142)：法國哲學家、神學家、詩人，其與學生哀綠綺思 (Héloïse) 間的禁忌之戀使他遭到嚴懲。

由於語意雙關*84，西洋棋大旅店吸引了三教九流的人前來——西洋棋高手和業餘者（亦即西洋棋愛好者），以及剛犯下過錯而悲噎啜泣、自鳴得意，或正規畫下個不幸十年的人。因此「談論苦悶」的服務鮮少派上用場，雖然它吸引了形形色色的悲傷窩囊廢和受苦人前來應徵上班。對某些人來說，這是待過哀嘆旅館後下一階段的復原。

內部裝潢意在吸引西洋棋高手，因此你會看見騎士在升降梯或旋轉樓梯上，皇后在衣櫥裡，舉目所見，處處是棋盤式的方塊。

當士兵在擦拭瓷器和鋪床，你做什麼都好，就是千萬別開「士兵的午後」（the afternoon of a pawn）[2] 這種玩笑，否則你會被死亡狠狠將一軍，或至少此淪為滿心懊悔、糾葛和罪過的他類住客。

西洋棋大旅店
Grand Hôtel des Echecs
果陀死巷4號[1]

*84：法文échecs一字指西洋棋，也指失敗之意。

ici on parle angoisse.
在這裡，我們談論苦悶。

1 果陀（godot）：梵文，意思是希望。
2 取牧神的午後（The Afternoon of a Faun）的諧音打趣。《牧神的午後》為法國象徵主義詩人馬拉美的田園詩，為作曲家德布西《牧神的午後前奏曲》靈感來源。

旅館從前坐落在杜樂麗花園（今日的花園曾經是國王的工匠製作瓷磚的地方），現今的位置則稍微往上游移了一些，使得它可疑的過去變得模糊。每個房間都漆上不同的釉色，搭配相襯的漆器斗櫃、衣櫥和置物櫃。有個房間叫茄子房（la chambre aubergine），尚未裝潢

陶瓷旅館
Hôtel Céramique
密探街22號

我和我的壁紙正進行一場生死鬥，一方勢必得出局。
——王爾德[2]

以下標示意指
佛尼圖書館確實存在
本書後續提到的更多地方
也確實存在

Forney
Library

在遮陽棚深處，我看見美麗的煙花女，佇立在街燈一旁，身上晨袍的色澤，像被拋光的木頭。她們宛如一大張活動壁紙。
——安德烈·布賀東
André Breton

完成，不對外開放。由於法文auberge意指客棧，而aubergine意指茄子，業主鄭重宣布，一等裝潢完畢，就要改名為陶瓷客棧（L'Auberge Céramique）。丹麥來的陶瓷工仍在趕工，細心地漆上酷似茄子外皮的釉料。與此同時，你也知道怎麼在中東、希臘、塞爾維亞或尼斯的餐廳點這個食物，或至少在菜單上認得它[1]。

房客經常包括工匠。因為這旅館的氣氛，以及靠近佛尼圖書館（Forney Library）的便利性，很合他們的意，一路上多半可以沿著塞納河愜意地散步，越過幾座橋和一座島即可抵達。在那座圖書館裡，你可以找到各式各樣的素材，多半是紙類及相近的材料，它們的歷史被用心地保存和分類——就連最低俗的速食店標籤，到十八世紀華美的壁紙都找得到。法國大革命之所以延燒到聖昂端區（Faubourg Saint-Antoine），就是忿忿不滿的黑維雍（Réveillon）壁紙工廠的工人發動的。法文réveiller恰好就是「甦醒」之意，人民確實徹夜未眠，而王公貴族的覺醒，則來得太遲。

我扯遠了，但話說回來，這未必不是陶瓷旅館裡上了奶黃色釉的早餐廳裡交談的話題，那兒的奶黃色釉就像布里歐麵包上頭的金黃色奶油紋路。

---

1 諷刺在高級餐廳裡即使英文菜單上講茄子常逕用法文的aubergine，不管客人看不看得懂，這平常的食材看來也高貴了些。
2 這場生死鬥的結果：王爾德出局了，他死在巴黎旅居那被他嫌棄壁紙醜陋無比的房間裡。

中世紀小旅店・Petit Hôtel du Moyen Age

親愛的先生女士：

你們的體貼深深感動了我——那檀香肥皂、貂皮拖鞋、屋頂上獨角獸的蹄聲。我之所以選擇這家旅館，是因為我還年輕時迷上了吟遊詩人的詩，以哀綠綺思和阿伯拉的情書裡的意像、暗示和雙關語為主題撰寫畢業論文，而且在懷第一胎時讀了《驚世女教皇》[1]。我從沒真的對中世紀忘情過，外子每天開速霸路（Subaru）的銀龍車款出門上班前，我總要求他在袖子別上我的吊襪帶，他始終不依。我陶醉在你們張羅的所有古玩裡，更別提那些教皇訓令了。每早走廊上響起的晨禱歌聲為我身心注入活力，所以我可以略過你們那太過道地的法式早餐——那是除了灰塵、泥濘、蝨子老鼠、張貼在浴室裡的黑死病警語之外我唯一的不滿。我自然會在浴室裡久久逗留，跟石怪覓嘴說話，你們拿它們當蓮蓬頭和咕嚕咕嚕漱出冷水的洗臉槽水龍頭。我也很喜歡你們鄰近克呂尼美術館（「仕女與獨角獸」掛毯[2]讓我對演奏會保持敏銳，滿足了我的聽覺）、阿伯拉的用餐室、聳立於聖潔涅薇芙山峰（Montagne Sainte Geneviève）的中古修道院、聖賽芙韓教堂、聖提安杜蒙教堂（St-Etienne-du-Mont），以及萬神殿下方維雷特街一間敘利亞式天主堂那樣的中古風格。順道一提，我一辦好入住手續，便立刻前往克呂尼美術館，獨角獸掛毯中的一幅有隻灰狗吸引我的目光，牠那弧度優美的尾巴尤其令我著迷。當天午後稍晚，在朝克里儂固門（Porte de Clignancourt）方向行駛的地鐵上，我發誓我看見了那同一隻狗就蜷曲在某位乘客腳邊。

——芙琳佩吉

---

1 《驚世女教皇》（Pope Joan）：傳說在八世紀中的英國，有位名為「Jeanne」的女子當上教皇。

2 由中古時期的克呂尼修道院遺址改建的國立中世紀藝術博物館，鎮館之寶是一系列十五世紀末的「仕女與獨角獸」的巨幅掛毯。有別於傳統「獵獨角獸必得以處女為誘餌」的傳說，敘述仕女與獨角獸的閨中品香操琴食珍果等風雅之戲而訴諸五種感官，以及第六幅在摒棄或允納繁華之間游移的「隨心所欲」。

方舞旅館・Hôtel Quadrille

克萊兒路6號

親愛的先生女士們：

　　你們的熱情好客深不可測，我這話的意思是，你們深深觸動我心。我很感激你們提供早報（你們真有國際視野，甚至還提供最新的英文報紙和布拉格來的捷克文報紙）、下午茶，還有你們雇來當僕役的帥哥。我老公和我有時間可以盡棄前嫌，忘卻小孩，到週三橋（Pont des Mercredis）邊的駁船上跳舞。為了緬懷舊日時光，他決意要讓腳趾間夾點細沙，但允許我穿平底鞋留在甲板上。我可以說駁船上有甲板嗎？所謂的駁船不就是一大片甲板，其他什麼也沒有？不好意思，我很愛東拉西扯地閒聊，接下來我要從實招來。昨晚深夜我失蹤了，當我在破曉時扛著一條大鮭魚咧著嘴歸來——是我咧著嘴，不是鮭魚，那幾個鐘頭我和一群人在一起快活——無疑嚇壞了櫃臺員工。幾個晚上前在「墮落貓餐館」（Le Chat Qui Pêche），我闖進廚房想刺探一些機密，不料機密沒探到，副廚反倒邀我陪他前往蘭吉斯市場（Rungis）喝週五的馬賽魚湯，也就是說，去逛郊區的龐大漁貨交易市場——所有魚販和餐廳業主購買溼答答又亮晶晶食材的地方。他開著那輛寶獅牌小貨車在轉角接我，我們在清晨兩點抵達忙碌而鬧烘烘的夜間市集。我注意到這大型漁市附近有家小館子，裡頭人人吃火腿或烤牛肉三明治配啤酒，不見任何蝦或蠔。朱爾斯帶著一身足以踹倒一匹馬的幹勁，領著我穿梭在這飄著濃濃鹹水味的樂園裡，數百萬隻扁的、有鱗的、臃腫的、有甲殼的、張著口的生物，不論死的活的，堆成堆、裝成箱或在水缸裡游的，全都閃著光亮。數千人在抽菸，煙霧滲著海水味，菸包塞在橡膠靴內；不論買家或賣家，全都在談生意，唯獨我這個闖入的陌生人和周遭完全不搭軋。這個地方活力蓬勃——想想看，那僅僅是兩天的漁貨量，來自全球每個大洋，每

條河流，每個國家——我驚嘆得差點無法呼吸！幸好我最近學會用鰓呼吸，在我一時難以置信地倒抽一口氣之際，不致斷氣喪命。

　　很抱歉，我把鞋子留在走道上——拋光擦亮的鞋在生猛海鮮之間會顯得很沒用。貝類尤其不好惹，當我看得瞠目結舌之際，竟不小心跌了一大跤，撲進一整堆的貽貝之中。

——侯瑪太太

無升降梯
克里雍旅館
Hôtel Crillon sans
Ascenseur
蚱蜢路14號

8樓最常被預定

5號房位於升降梯

房客留言簿

自從兩年前住過這裡之後,我很期待再回來,我希望追隨馬格雷探長[1],留在巴黎當雙語警探。可是你們為何讓我住五號房?這房間狀似一部老舊升降梯,不時傳來報樓員[*22]的叫喊聲,擾得我不成眠。我不曉得晚上該把鞋子送去哪裡擦亮。我擔心他們會從升降梯井摔落,忘了我住哪一樓,或送回來時全身沾滿了用來潤滑古舊電梯纜線的油污。我想,住進如此命名的旅館,睡在升降梯裡應該感到榮幸才是,你們是不是特地搬出最古老的升降梯,好讓你們盜用里沃利街上豪華的克里雍飯店名稱,降低格調,甚至沾人家的名氣,從那些把兩家旅館搞混的人身上獲利?你們肯定拐了很多頭一次入住的旅客上門,他們以為至少可以享受

到古舊的典雅和殷勤的服務。噢，我會再回來，但下一回，拜託，給我一個可以看到沒有樹也沒有花的杜樂麗花園套房。

*22：你很可能在想「什麼是報樓員（étageliste）？」是那個坐在旅館櫃臺後面，指示人們抵達入住房間的最佳垂直路線的人嗎？旅館會僱用這樣的員工，有幾樓就僱幾個，安排他們在每個樓層為住客指示方向，解說該樓層特色，同時介紹同樓層聲名卓越或惡名昭彰的住客嗎？事實上，報樓員乃是一種行業，負責和某個樓層有關的所有訊息和活動。僱用這種人的旅館和公寓大樓並不多見，但這行業很適合過動兒、青少年和勇健的老頭，因為這些人往往是被想把他們支開的老媽或老婆安插到某大樓裡工作。這一行始於鐘樓怪人的姐姐的後代，他崇拜偉大的舅舅，希望自己在某棟大樓當個有用的人[2]，或者在文壇出人頭地。這一行是這麼開始的：這位費利思·奧斯拉，最初單純只是成天在樓梯間跑上跑下，報出每個樓面的數目字，像個遭解雇、精神錯亂的升降梯服務員。他這一行的繼任者發想出各種動作、手勢和叫喊，有些還以精通世上多種主要語言的數字而自豪。

<hr>

1 馬格雷探長（Jules Maigret）：法國作家奚孟農（Georges Simenon）著名的偵探小說系列主角。
2 指鐘樓怪人在聖母院敲鐘的工作。

無升降梯克里雍旅館 · Hôtel Crillon sans Ascenseur

房客留言簿

「上帝就在細節裡」這句話是密斯·凡·德羅希[1]說的嗎？不管是誰說的，我痛苦地發現，這裡所有的細節均不見上帝的蹤影。我伸手轉門把，結果門在我手中脫落；印花棉布窗簾的慘狀，就像我人稱「狐狸美人布姆」的姑媽發現野莓琴酒喝光了的噩夢一樣；那破爛的地毯，雖然透著美好的斯巴達質感，卻難以彌補你們電話亭裡傳來及膝裙襬翻動的窸窣聲。那電話亭想必是普魯士圍攻巴黎期間，雨果（Victor Hugo）正在吃鼠肉果腹時，你們從某妓院搬來的，裡頭的電話差不多跟當年一樣好用——目前我只成功打通到一個地方，那就是羅浮宮的地底通道，我用夾雜許多英文的破法語和一位特里亞農宮（Trianon）的迷路守衛聊得很愉快。你們是拿那些遺物殘片——聖納博（Saint Barnabé）的嬰兒鞋、小酒館的聖克勞帝德（Sainte Clothilde de la Brasserie）龜齒梳、聖吉蘭（Saint Ghislain）的修面刷、聖幕斯林（Sainte Mousseline）的火鍋、小聖伏拉卡（Little Saint Fracas）的股骨——假造出尋找午夜街（Cherche-Minuit）上那個假教堂的那種騙子嗎？還有，你們為何每晚要我換樓層住？只為了滿足樓梯上那隻大喊樓層數字的瘋狂小龍蝦嗎？

——賈斯古·布·川皮

這名字很好笑，我知道
因為我是紐奧良來的凱戎人[2]

---

1 密斯·凡·德羅希（Mies van der Rohe，1886-1969），現代主義建築大師。
2 凱戎人（Cajun）：法國後裔和印地安女人及黑人混血的後代。

這家古雅的旅館由富有同情心的亞美尼亞家庭經營，這家人對於掛在他們大廳裡一幅由雷姆塞（Allan Ramsay）所畫、身穿亞美尼亞服裝的盧梭肖像相當自豪。非洲食蟻獸旅館的早餐有時會加進幾隻小蟲子，因此，除非你想找美食暨飲食協會的試吃員來嚼嚼珠子般的頭和酥脆的小腳，否則不妨參考一下你的旅遊指南，到位於索畢提街或西哥德廣場幾家差強人意的咖啡館，喝杯咖啡，吃塊麵包。

非洲食蟻獸旅館和方奇大道上館藏豐富的亞美尼亞博物館（Musée Arménien）聯手推出一項優惠，務必在優惠日索取你的減價或免費參觀票。

非洲食蟻獸旅館
Hôtel Aardvarkian
巴巴洛瓦小行星街78號

早餐嚇嚇叫法語教學：
* Il y a une sauterelle / un cafard dans mon croissant.
  我的可頌裡有隻蚱蜢 / 蟑螂。

這家位於瑪黑區的旅館有著不尋常的歷史和存在理由，那些起草者在這裡的床鋪上做夢都沒想到它能發展得這麼好——這全得從一位建築師入住說起。當時他的新房子還在裝修，沒有落腳處，也不想到他的工作室（那是一個靠近共和廣場的糟糕地方），結果愛上這裡不想離開。朋友和同行從埃及、蒙特內哥羅、越南、墨西哥、黎巴嫩、秘魯來形形色色的一幫人來這裡找他，在隔壁餐館喝下過量美酒後，索性也住了下來，並發現這旅館確有其令人難以抗拒之處。漸漸，

莫斯塔旅館
Hôtel Mostar
巨大歧義街15號

設有打鼾者
專用房間

起初幾乎是不知不覺地，製圖桌、藍圖紙、文件夾、具有奇妙繪圖功能的電腦陸續抵達。沒多久客戶一一上門，於是他們宣布進軍旅館業，設計師和藝術大學來的廉價勞工也相繼進駐。最後，最初的那個建築師更做出驚人之舉，他在經過同居的適應期之後，終於和旅館成婚。他們還沒有小孩，不過他設計的幾家旅館都保有原始建物的基因，同時也融入幾許人性。

頂樓的房間只保留給客戶，這些客戶來自世界各地，訂房時必須提出腦中的設計構想。假使你在這裡入住的是開放給觀光客的實驗房，切記別在地毯上留下污痕，且務必去參觀樣品房。

別被登記櫃臺的土狼耽擱，那其實是初登臺的菜鳥扮的。一旦你辦好入住手續，取得「有鑰匙的小說」(roman à clef)[1]，或房間鑰匙(room key)，你就會拿到法蘭絨睡袍和關於舞臺、臺詞及手勢的說明。一開始你也許只能大致跟上，但登臺時絕對會信心十足。你必須到窗前短暫亮相，登場時間隨你挑選，只要在就寢之前即可。你的觀眾住在對街的西班牙旅館，他們可是花了大把錢住進去，那裡的住客晚餐時段都留在房裡，點客房服務的餐食，生怕錯過精采表演。最刺激的表演是把人扔出窗外，此由政客和布拉格來的特技演員擔綱。

除了為那些好奇兩棲人生的客人所安排、在豪華浴室上演的水中節目之外，卡琳頓旅館其實是家蠻正常的旅館。它的古怪之處和卡琳頓[2]的人生、遭遇和戲劇有關——她一越過英倫海峽，脫離上流社會，旋即打入巴黎超現實派的圈子。沿著大廳擺的眾多駿馬像，也讓人聯想到她的畫作[3]。

卡琳頓旅館
Hôtel Carrington
正常小孩街49號

直率搭訕法語教學：

*J'aimerais sortir avec votre hyène pour boire un verre.
我想請你們櫃臺那隻土狼出去喝一杯。

*Est-ce que le personnel est autorisé à sympathiser avec les clients ?
員工可以跟住客約會嗎？

*Que pensez-vous d'un pique-nique au Jardin d'Acclimation ?
到兒童樂園野餐如何？

1 法文「影射小說」的直譯。
2 卡琳頓 (Leonora Carrington，1917-2011)：英國畫家，出身富裕的上流家庭。
3 卡琳頓從小特別喜歡馬，畫作裡也反覆出現馬。

哀嘆旅館
Hôtel Hélas
慌亂街45號

最少住三晚。
不接受預約。
不接受信用卡。
接受多種語言，但憂鬱這絕
望的共同語言在哀嘆旅館
裡一聽就懂。

哀愁懇求法語教學：

＊Avez-vous des mouchoir
plus larges?
你們沒有更大的手帕嗎？

＊Je veux être seule.
我想一個人靜一靜。

＊Mais ce visiteur dans mon
lit a aussi un cœur brisé !
我床上的這位訪客也是心
碎之人！

＊Pourriez-vous nous
appeler un taxi pour
l'Hôtel Jasmin ?
能否請你們幫我們叫輛計
程車前往茉莉旅館？

Hédiard

儘管在生意冷清的夜晚，巴黎版的心碎旅店也接待一些呆頭鵝和滿懷懊悔的人。這裡提供的慰藉形式有很多種，包括音樂在內，而且痛哭不僅被包容，還被鼓勵。手帕隨同房間鑰匙附上，不過這多少是為地窖內的手帕咖啡廳早餐做廣告。這道「讓剛痛失愛人或遭情人拋棄的人墜入情網」的菜肯定不在菜單上。假使這是你想要的，你最好改住茉莉旅館或烏啦啦旅店，因為那裡瀰漫著歡快情色的氣氛。巧克力被嚴禁帶入房裡。

這裡的房客留言簿是全巴黎留言最多的。事實上，很多新聞和小說的靈感都來自這本簿子。因為住客喜歡把留言簿帶回房裡，盡情抒寫心事，業主隨即了解到必須同時提供很多本。他們也提供具備防水功能的特殊墨水筆，因為住客很可能會寫得淚如雨下。謠傳六〇年代時，有人逮到手帕咖啡廳把瓷盤上乾掉的淚漬刮下來，賣給艾迪亞（Hédiard）高檔食材專賣店當作稀有佐料，並宣稱該佐料具有召喚愛情的魔力。還原成液態後用仿自羅浮宮埃及館收藏品的淚壺裝瓶，這私釀的淚水每毫克要價一千法郎，該秘方使得米其林指南的餐廳評鑑大亂了好幾年。

扶手椅旅館 · The Hôtel Fauteuil

巴黎從未讓我覺得如此親切,感謝你們的抽屜,那底襯印有光之城地圖的抽屜,我的腳步徵詢過在短襪和褲襪底下以噴漆繪製的巴黎分區圖。我的確緊抓著那地圖,一群從波羅的海諸國來的觀光客(我可以從他們頭髮嗅出的鹽味判知;我有很專業的鼻子,我來這裡是為了在香水博物館舉辦的一場特展擔任顧問)曾經試圖搶走它。我已經離婚,但仍然和公婆維持友好關係,然而我沒把兒子留給他的法國奶奶照顧。當我在博物館忙著嗅聞香水並將之歸類為衝突或協調時,我十個月大的兒子就睡在那抽屜裡,蓋著我從五腳綿羊店買的軟羊毛毯,枕頭則是在錫芮[1]買的,我心想,他的身子在巴黎上方伸展時,頭可以枕在非洲上。我必須說,忙完一整天,特別是坐地鐵時,我真希望自己也能爬進那抽屜裡休息。不過,回到我房裡,把整座城塞回它的櫃子裡,將兒子放進嬰兒床,在鏡子前讓自己恢復神采,然後徵詢一下尋樂地圖的意見,或是遁入無知無覺之中,直到懷抱著陽光醒來,也很美妙。

1 錫芮(Simrane):巴黎一家印度風格的布料飾品店。

我可以說幾句你們警衛的不是嗎?我們白天進出旅館時,他總陰險地偷窺我們的抽屜,而且經常坐在你們門廳裡那些不舒服的椅子上偷懶,呃,這些最輕微的情節已經夠不客氣了。想到所有巴黎人都可以窺見我那散置在聖多諾黑街(St Honoré)和黎希留街(Richelieu)之間的襪子和絲巾已經夠糟了,沒想到那傢伙還真的亂翻我的東西!我打算搬到鞋子旅館去,因為他們把巴黎地圖印製在房客的鞋底上。

扶手椅旅館 · The Hôtel Fauteuil

我很感激你們那印有巴黎古地圖的信紙,之前我用它寄出很多緊急訊息,這會兒則用它來跟你們道別。我此行是在哥德學院擔任客座講師,同時考察里爾克[1]在巴黎擔任羅丹的秘書期間一些從未出版的資料。這些資料如此稀有珍貴,因此我沒辦法放心地把整理的筆記放在抽屜裡,不像你們某些房客那樣,可以瀟灑地把個人物品扔進抽屜,便動身前往凡仙森林(Bois de Vincennes)或布隆森林(Bois de Boulogne)。我無法透露我的研究內容,但我確實注意到你們那些帶著抽屜趴趴走的住客,印證了《馬爾泰手記》裡以下的這段文字,該書呈現了里爾克對他巴黎生活的省思,而從這段文字看來,你們某位邋遢的住客失控地折磨著馬爾泰:

> 「他們被命運的唾沫濡濕,貼著牆或倚著街燈柱和廣告柱,又或稀稀落落地緩緩走入窄巷,留下髒黑的足跡。那老婦人究竟想從我這裡得到什麼?她從某個陰暗處走出,帶著床頭櫃抽屜,裡頭滾動著幾顆鈕釦和縫針。她為何老是在我旁邊盯著我?……在櫥窗前,這灰髮的矮小婦人為何一度在我身旁站了整整十五分鐘,慢悠悠地把握在她那雙可怖手中的一枝老舊長鉛筆推向我?」

我想那枝鉛筆是要給里爾克的,而羅丹某晚把那女人拉進巷子裡,拿走了地圖,這就是里爾克沒提到地圖的原因。

---

1 里爾克(Rainer Maria Rilke,1875-1926):20世紀傑出德語詩人。為了撰寫以羅丹為題的論文,他在1902年前往巴黎,並且有一段時間擔任羅丹的秘書。《馬爾泰手記》(*The Notebook of Malte Laurids Brigge*)是他唯一一部小說,小說的第一部份反映了里爾克在巴黎的艱苦生活。

時鐘旅館 · Hôtel des Horloges

我 們 重 視 您 的 意 見

親愛的時鐘旅館業主：

住在這裡的我感到既困惑又舒適，多次外出走走逛逛，喚醒了我的心靈，整頓了我的心智，但我一直在想，辦理入住手續時我用美國運通卡預付的額外鐘點，以及繳交的鬧鐘和手錶到哪裡去了？我的確在這裡度過了一段有趣的時光，不知我繳出的另外那些時光是否同樣有趣？

　　日前我在尋找午時街（rue du Cherche-Midi）晃了很久，
　　於是能夠看見夜色降臨時路牌的變化。
　　沒錯——尋找子時街（rue du Cherche-Minuit）——
　　入夜後路牌全都這麼標示了。而我依然在尋著這兩者。

景色超棒！遠方陽臺上每半小時就有個老婦拖著腳步走過一次。
——M·杜象，十二號房

　　她有把魚放在枕頭邊嗎？
　　——十六號房的特瑞莎·卡佩斯特拉圖

說不定這一區的人僱她當咕咕鐘，每半小時曳步走一趟？

　　你待的時間長嗎？有聽到她報午時和子時嗎？

你很愛現耶，就不能說中午和半夜嗎？

　　你才沙文。這裡是法國，我愛怎麼說就怎麼說。

無人旅館
Hôtel Rien Plus
單純阿蒙街[1] 222號

1 單純阿蒙街（rue Simon le
  Simple）：典出電影Simple
  Simon，中譯為《阿蒙正傳》，
  該片細膩地呈現阿蒙這位
  亞斯伯格症者奇妙的內心
  世界。

這旅館不收房客——他們打廣告，接受訂房，寄發確認通知，而且要求事先付款（只接受支票和匯票）——但這家擁有七十五年歷史的旅館從來沒有房客真的入住過。如果只是想一睹這「唬人部門」（Bureau de Déception）的廬山真面目，訂房很值得。但請記得：那些蠢到真的預付款項的人從沒成功拿回退款。

鈴蘭旅店
Hôtel des Muguets
聖馬格麗特街324號

你可能會提出這樣的要求：
＊S'il vous plaît, pouvez vous
  demander à la femme de
  chambre d'astiquer ma
  poignée de porte ; j'attends
  un visiteur très distingué.
  請女僕把門把擦亮，我在等
  一位很特別的訪客。

原名叫「五月鈴蘭客棧」的這家旅店，在一九七八年把名稱改短，自此之後付出的代價是登門的客層起了變化。鈴蘭，又名山谷百合，每年五月的第一天，法國人會周意地互送這種花。一開始，早在招牌上的名稱被拿掉幾個字之前，這家客棧每年營業的時間就很短，只在五月展現它的殷勤好客——提供床鋪和食物。這期間也是它原本的女老闆布諾夫人願意接待房客的時間。然而，鈴蘭也意味著對女人獻殷勤、調情、花花公子等意義，所以當名稱改短，這裡也成了三教九流在街角一帶的戰慄街上嬉鬧遊晃後，想找些廉價樂子的落腳處（價格可是貴得離譜）。

由於它如今變成尋花問柳的地方，鈴蘭旅店

以謹慎行事自豪。夜班接待櫃臺拋來的媚眼可能會令你發窘,如果你沒意會過來的話。如果你告知你的需求,他們會很樂意替你撥接電話。只是你要求特殊服務時,必須填寫一張令人尷尬的表格(可填可不填)。有時候他們實在很扯!我們聽到不止一位房客說,如果你要求叫醒服務,它會以最低調的方式出現:從門底下滑入一張紙條。

你更可能會提出這樣的要求:
*S'il vous plaît, ne prenez pas d'appel de New York pour moi ce soir.
今晚我不接聽從紐約打來的電話。

鈴蘭旅店住房須知:
萬一發生火災,請留意這格外有用的逃生路線。

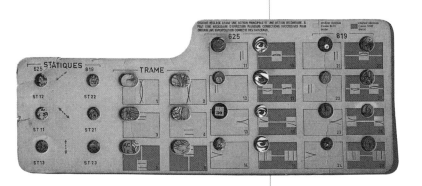

茉莉旅館 · Hôtel Jasmin

住 客 意 見

回到旅館，我馬上躺到床上。這並非習慣使然，而是無處容身。我房間的地板上堆滿了羽毛，因為我的夢淫妖[1]有著純潔的外表但舉止並不純潔，它們蛻到在冬天脫毛，而且喜歡激烈的遊戲。如果不是這樣，這房間其實相當迷人，而且它的魅力不僅在此。我把玻璃杯按在牆上，想知道波蘭話[2]聽起來如何，但那說話聲很快轉為笑聲，而玻璃杯隨即在手中碎裂。然後我又把鞋子按在牆上，聆聽自己明天在康謝夫拱廊街——也就是巨鹿拱廊街[3]——的腳步聲漸漸遠去。我將造訪一間工作室，他們為了現代美術館的特展，根據全巴黎藝術家的設計圖製作風箏，也就是飛鹿[4]。我的足跡總比本人早一天抵達，這令每晚為我擦鞋的傢伙很是頭痛。

——尤蘭姐

1 夢淫妖（incubus）複數為incubi，是男妖，succubus是女妖，於夜間造訪，分別與女人及男人做愛，藉以吸取精氣，亦會造成人的夢魘。
2 Polish（波蘭文）與polish（擦亮）的文字遊戲，而玻璃杯跟鞋子都是可以擦的。
3 Grands Cerfs，讀音為康謝夫，意為巨大的鹿。
4 法文的風箏，cerf-volant，意為飛鹿。

茉莉旅館 · Hôtel Jasmin

住 客 意 見

我知道這家旅館春色無邊，但我在清晨四點從義大利廣場（place d'Italie）狂歡作樂回來時，著實大吃一驚。我看見擦鞋工抱著十隻左腳的鞋在地上打滾呻吟，而我吃早餐時還得碰見這些鞋的主人

——阿方希·朗巴狄尼

房客留言簿：哀嘆旅館·Hôtel Hélas

別以為我是受虐婦女——我絕不是因為這樣才住這裡（我帶了自己的手帕來，我得讓你們知道：就我濕濕床鋪的程度來說，你們提供的實在太薄了），不過今天無辜的一程地鐵，使得這點變得不太確定（我知道我們應該待在房裡，但是樓上那個從貝里斯來的炸彈人激烈地搥打她的枕頭，使得天花板的灰泥屑射入我坍塌的頭髮，攪亂我淒慘的昏睡）。我在哀嘆旅館辦理入住時，你們檢查並清點過我許多身體和心理上的創傷（blessures）——別跟福分（blessings）搞混了——因此你們很清楚我左肩的瘀傷，那在奧斯特立茲車站（Gare d'Austerlitz）和木鞋街（Sabot）之間成了眾所矚目的焦點。那時我坐在尖峰時段不該坐的座位上，那種你起身離座時會發出美妙的乓一聲的座位，此時，正對著我的傢伙突然用手拍了拍他右肩（對映我的左肩——但我們根本不在鏡子地鐵站附近），並斬釘截鐵地大聲說，只有男人能在我身上留下那些印記。我謊稱說：「不，那是我自己笨手笨腳撞傷的。」但他一口咬定，瘀傷會在那種地方出現一定和男人有關，我啞口無言。於是他開始滔滔不絕，粗略地描述那些瘀傷是怎麼在做愛後發生的，並確保車廂裡的所有人都聽見他的推論，參與我的痛苦，有些手勢很淫猥，只是我太沒繪畫天分，無法畫在這漂亮的本子上。他的瘋狂舉動令我又窘又樂，也讓我陶醉在關於瘀傷的回憶和那段真實經歷裡。當我們倆在同一站下車時，我暗自決定這事鬧夠了，於是在他身上留下同樣的瘀傷。感謝你們讓我在這度過平靜的復元時光——壞男人婆酒館又把我找了回去，那裡的顧客開始想念我做的巧克力餅乾和無賴塔（tarte des galopins）。

Hôtel des Muguets
鈴蘭旅店

 我情人的母親住伊斯特尼亞半島（Istria），姓高多尼[1]，是個即興喜劇（Commedia dell'Arte）迷，當我偶然逛進波拿巴街（rue Bonaparte）的劇院書店，瞥見一本關於喜劇的精美書冊時，連翻也沒翻，便忍不住買下來送給她。這書店本身就是一座劇場，我在店內時，有位老婦人不小心弄翻一小袋雕刻版，而且就落在她腳上，在場的其它婦人此起彼落地發出同情的驚呼。與此同時，一位神情緊張的年輕義大利劇場導演懇切地詢問某本書的下落，另有個沉著的美麗嬌小女子名叫科萊特[2]，微笑著注視著她眼前閃現的一切，隨而分發面具，指派我們每個人在下一場即興劇碼裡扮演的角色。

---

1 高多尼（Carlo Goldoni，1707-1793）：義大利劇作家，逝於巴黎。
2 科萊特（Sidonie Gabrielle Colette）1873-1954，法國現代重要的女性主義作家，亦參與舞台表演。

HOTEL TAUPIQUE

鼴鼠旅館

■ 房 客 留 言 簿 ■

我是個拉布蘭人（Laplander），在你們的怪語言裡叫做拉波內（Laponais）。我選這家旅館多少是因為我不習慣大量的光，外出觀光時，曬到的陽光已經夠多了。我今天到巴士底（Bastille）區去，看到龐大閃亮的歌劇院、藝廊、商店和浮日廣場（place des Vosges），那些建築物和粉紅石磚與北極圈的景致大不相同。我還去了拉布街（rue de Lappe），且很難過地得知那是一條犯罪頻仍的危險街道。我忽然想到，馬格雷探長的奇案之一（沒錯，它們被譯成斯堪地那維亞島／極地周圍的所有語言），就發生在拉布街上。我希望旅遊指南沒對巴黎遊客提起這點，否則他們會把這兩個名稱兜在一起，對我的土地和人民產生錯誤的印象。我待在這裡絲毫沒感覺到威脅，除了還沒習慣車輛以外，我相信你們這裡的車子比大多數地方還要多，所以我很小心，並試著走快點。也許下次我會帶我的狗一起旅行，這次我留牠在家和馴鹿作伴。你們的老主顧告訴我，你們的盲人員工把自己的狗帶進旅館裡，所以這裡接受寵物入住，對此我十分感動。這麼一來，我的狗可以認識不同文化的犬類，學習大都會的禮儀。

房客留言簿：哀嘆旅館·Hôtel Hélas

我與其他遊客不同，對巴黎並不懷抱不合理的感激或驚奇；再多走一步，我可能就會對來到這麼遠的地方毫無感恩。但我仍持續跨越許多橋——路易菲利浦橋（Pont Louis-Phillipe）、總主教橋（Pont l'Archevêché）——這是我那難以安撫的靴子不可剝奪的儀式。總主教橋下的塞納河在陰暗渠道裡奔流低語，底下翻騰的除了河水、泥漿，還有遊民（clochards）的回憶。要說在巴黎沉浸愛河的人，肯定是緊緊相擁的他們：我曾看見某個遊民以無比的柔情和渴欲，凝望著他揣在懷裡的「巧克力」（chocolat）——滿滿的一瓶酒，而當它一滴不剩時就是一具死屍——我從沒見過如此狂熱的神情，而他的柔情得到了回報。這河即是他們的旅店。回聲，到處是回聲：在城市生活就是如此，在任何地方都是如此。

——塔馬拉·悲傷斯基

西洋棋大旅店・Grand Hôtel des Echecs

房客留言簿

我的腳猛踢，心狂跳，所以我逼自己出門，坐上地鐵，前往朱杜波姆國家
藝廊 (Jeu de Paume)。我注意到，那裡唯一有空調的展覽廳是高更展覽
廳，彷彿他的畫發散著熱帶高溫，需要冷氣來降溫。當我離開後，那是更
晚、差不多午後和夜晚開始彼此磨蹭的時間，我想散散步，於是在街道
上朝回家的方向晃蕩。走著走著，街道突然變得冷清又寂靜，天色也暗
了下來，四面建築物的牆似乎變得潮濕，像洞穴一般。緊接著洪水出現，
來勢洶洶，我不曉得該怎麼辦，當下能做的就是拔腿快跑，像火燒屁股
那樣死命地跑。我一直跑，然後鑽進我看到的頭一個洞裡（還以為是愛
麗斯夢遊仙境的情節哩），依舊完全不知自己身在何處。接著這個洞搖
身一變，先變成市場大洞[1]，又成為地鐵站，是我這隻濕漉漉的老鼠當下
最想找的地方。地鐵站總給人一種安心的感覺——假使你在地面上迷
路，可以到地底重新定位。我多次在地底下感受到那種安全與熟悉，彷
彿投入這世界的原動力——大地之母——的懷抱。

——K

1　市場大洞 (Trou des Halles)：傳統的巴黎中央批發市場，於1971年拆除後，成了巨大的露天
　　空地，綽號叫市場大洞，後來此處改建成地鐵交匯站。

時鐘旅館 · Hôtel des Horloges

我 們 重 視 您 的 意 見

親愛的先生女士：

　　今早的服務態度有待加強，不像昨晚我到櫃臺去借巴黎分區圖並喝杯巧克力時那麼好。昨晚我要求了叫醒服務，因為今早在巴黎市立歷史圖書館有個重要會議，當時你們表現得親切有禮，笑容可掬，了解準時起床對我的重要性。我只能依賴你們，因為這裡不鼓勵住客帶自己的鬧鐘來擾亂時間設定。然而當我十點十五分醒來（我在這城裡有個手錶可用），發現自己睡過頭又做了很多夢時，實在震驚極了。一陣慌亂中，我匆匆洗臉，用比脫衣服還快的速度著裝，而當我打開房門，竟看到腳邊的右腳鞋內放著鬧鐘，平靜地滴答響著。這算哪門子的叫醒服務？當你們的起床晨禱響起時，也許被製成這雙Ferragamo平底鞋的那頭牛多少有被叫醒，但我可是什麼也沒聽見。後來我取得了圖書館館長的諒解。幸好她對你們這家旅館的作風有所耳聞，她還說，早知道我住這裡，她會親自打電話叫我。

　　小小的不幸通常會激發好心人的善意（她似乎就是），因為我也是好心人，我打算邀你們今晚到「彼得洛希卡的苦惱」酒館喝一杯，但恕不奉陪。

——歐若拉·薛拉芬法

夜生活及娛樂篇 · NIGHTLIFE *and* ENTERTAINMENT

巴黎，巴黎，這字眼透著某種絲綢的質感和優雅，某種無憂無慮，某種律動，某種香檳一樣的明亮和歡樂。那裡的一切都是美的、歡快的、微醺的，而且鑲著蕾絲。襯裙的摩娑聲伴著每個腳步；一聽到那字眼，你的耳邊響起鈴聲，你的眼眸閃著光芒。我要去巴黎。我們已經來到巴黎。

——妮娜·蓓貝洛娃[1]

1 妮娜·蓓貝洛娃 (Nina Berberova，1901-1993)：
  小說家，出生於俄國，在法國居住二十五年，
  終老於美國。

L'ÎLE SAINT-LOUIS

re le dancing
le coca-cola

7952

CARTE D'IDENTITE

Barthélemy

VINS · SPIRITUEUX

DUBONNET

Société Anonyme Capital 1.250.000

MAISON FONDÉE EN 1846
MAISONS DE VENTE

72, Av. Victor-Hugo   121, B. St. Germain

CONTRE REMBOURSEMENT

CARTE INDIVIDUELLE D'ALIMENTATION - Tit

戲院、咖啡館、音樂會等等，看上圖可以找到主要景點的地址和電話號碼
1：達達咖啡館　2：牧女歌舞廳　3：布宜諾斯艾利斯走道
4：托本莫里圓形劇場　5：醉猴夜總會　6：新橋電影院

哦！牧羊女艾菲爾鐵塔，

橋梁都在早晨對妳咩咩叫。

——阿波里奈爾 Guillaume Apollinaire

牧女歌舞廳（Les Folies-Bergère，女神歌舞廳）、紅磨坊（Le Moulin Rouge）和黑貓俱樂部（Le Chat Noir）是知名度最高的夜總會，在藝術、人們的集體記憶、羅德列克（Toulouse-Lautrec）的海報，以及依然在蒙馬特小丘廣場（place du Tertre）夜空下飄盪的歌曲中被讚頌著。各類歌舞廳起初都以輕歌劇和芭蕾為主，這些表演後來被康康舞和其它的夜總會娛樂給踢開，香頌歌手阿里斯蒂德·布里昂（Aristide Bruant）和舞孃珍·阿芙麗兒（Jane Avril）之流的巨星吸引了從英倫海峽彼端、香榭麗舍和拉丁區來的癡狂群眾。在此我不多談康康舞等娛樂的興起，泰奧菲·古呂革（Théophile Goulugue）已經在譯得極好的《紅指南》*2貼切地記述這些遊樂園的一頁放浪史，這本《紅指南》大剌剌地嘲仿嚴謹自持的《藍指南》[1]，與之打對臺。我只說明一點就足夠：牧女確實曾指某名牧羊女，她首度造訪這五光十色、節奏快速的藝術之都的頭幾個禮拜，羊群便一隻隻走丟，同時她也在一個個陌生人間，一層層失去純真，徘徊在媒氣燈下或暗巷裡。當她哥哥終於在美麗城（Belleville）的一家小酒館找到迷失又衣衫襤

牧女歌舞廳
Les Folies-Bergère
麗雪街32號

*2：說到《紅指南》，你以為當今道德鬆綁，什麼事都可能發生。哈！事實是我的出版社禁止我引述這本書，認為對美國人的心臟來說，這本書淫猥破表，更別提即將問世的德國譯本、義大利譯本、斯洛維尼亞譯本和多瑙河流域譯本。泰奧菲（Théophile）的意思是「他愛神」，我的天啊，真替他母親感到難過，我想他的神並沒有在聖傑曼德佩區（St-Germain-des-Prés）的祭壇花太多時間。不過，這裡有個奇怪的巧合，pré的意思是草地，或原野，我們的牧羊女就是穿越這片聖傑曼德佩的都市草地，在一連走丟幾隻羊之後，慢慢迷失於歧途——儘管有些羊發現巴黎另一端的草更綠，遂而往蒙馬特走去，結果在那裡丟了性命。

1 藍指南（Guide Bleu）：1841年以法語出版的旅遊指南。

褸的她，便把她帶到他們舅舅在蒙地卡羅的賭場。由於她對世道有了新的領悟，加上天生性格務實，結果讓賭場後續五年的進帳翻了三倍。

這家充滿柏柏人[1]風情的夜總會，位於五光十色的巴比斯區（Barbès），為了上那裡去，每個西方男性遊客都會購置新裝，並扔掉褲子。歌舞廳的規模在此擴大，納入北非女子的各種才藝，多半是在音樂和舞蹈方面。每月的第三個星期五有大型的即興表演，往往會有一些最瘋狂的Raï樂[2]樂手意外登場。

你會發現這裡每星期六成了龍蛇雜處的探戈夜總會。看著班德利諾鞋（bandolino）[2]在本來覆蓋在穿鞋者膝上的紅手巾上蹦蹦跳跳，令人賞心悅目。這裡供應一盤盤涵蓋拉丁美洲各地特色的點心，端看當天誰有心情下廚，誰不那麼為政治使命忙碌。每年的八月二十六日，表演會移到藝術橋（Pont des Arts）上舉行，以紀念柯塔薩（Julio Cortázar）誕辰。阿根廷裔的巴黎人一遇到巧合的事就會想起柯塔薩這位作家——巧合的存在讓他們覺得人生是值得的[3]。

夜總會
柏柏女歌舞廳
Les Folies-Berbères
海綿街245號

1 柏柏人（Berber）：居住北非山區的高加索人。
2 源自於阿爾及利亞的通俗音樂。

夜總會
布宜諾斯艾利斯走道
Le Trottoir de Buenos Aires
倫巴帝街37號

死者／歇業[1]

1 指骷髏跳到倒地、骨頭散了，不能跳了所以關門（fer-mé）。
2 玩弄bandoneón（探戈舞樂隊用的小六角手風琴）的文字遊戲，而鞋子與手風琴都跟探戈有關。
3 柯塔薩是阿根廷作家。之所以提起巧合，是因為一件真實事件。一名美國記者發現自己出現在柯塔薩的小說裡，他不僅與小說主人翁同名同姓，人生遭遇也十分雷同，但是柯塔薩完全不認識這名記者。

這是顛覆脫衣舞表演的夜總會,為了維持店名標榜的含蓄,舞孃開始穿上四角褲和運動胸罩。小娜、莉莉、薇吉妮,反正就是那些妞兒們,配合著鼓和短笛撩人的鼓動,把衣服一件件往身上套,從腳趾到耳朵。星期日晚上你恐怕要及早進場,同時帶著幾件襯衫和網球鞋等這些你想不透自己當初為何要放入行李箱的東西。在這樣的週末夜,觀眾會把衣服往舞臺上扔,讓舞孃們一一套上,這通常是每週最精彩的表演。

巴黎若是只有一座露天劇場,也就是呂特斯競技場(Arènes de Lutèce),說來會挺乏味的,而托本莫里圓形劇場的成立,最初不過就是一位瘋狂愛上自己貓的好好先生,在預定的建築工地上感情用事了。這位巴韓先生 單純只想要一個高雅的環境,好讓他帶著愛貓托本莫里散散步。那貓呢,可不像主子那麼無厘頭,反而會勤快地清除那一帶橫行的老鼠。

至於你,親愛的遊客:翻翻你的《巴黎文娛》[1],看看有什麼節目。這地方吸引了大批傑出藝人和形形色色的群眾。托本莫里圓形劇場向來是露天國際電影節的舉辦場地,這是受到前南斯拉拉(Yugo bla bla)[2] 境內的普拉(Pula)[3] 競技場舉辦電影節的啟發。這並非巧合,老先生帶愛貓散步(見前段)的夜晚總吸引了前南斯拉拉難民前來加入,他們很懷念在家鄉時晚上到戶外走走晃晃的習慣。於是戲劇、表演藝術、舞

夜總會
含情脈脈
La Pudeur Aux Yeux
沉淪街189號

店名及店名的意義值得註記:一字之差的「la poudre aux yeux」,直譯為眼裡的粉塵,是法語裡矇騙或者矇人耳目的意思。

圓形劇場
托本莫里圓形劇場
Les Arènes de Tobermory
貓抓魚街400號

1 每周出版的巴黎市藝文娛樂指南。
2 取南斯拉夫(Yugoslavia)諧音打趣。
3 位於今克羅埃西亞的普拉競技場,是全世界目前僅存的六座大型競技場之一,約建於西元前一世紀,保存相當完整,是今日普拉重要的表演場地,可容五千到八千名觀眾。

前往托本莫里競技場需隨身
攜帶的一些物品

札波‧巴韓，半個
葡萄牙人的漁夫，有著海一
般的眼睛和搖擺的步態，傳
承自他母親那邊。他靠龍蝦
和甲殼海產發了財後，在巴
黎定居下來——另一樁始料
未及的事，全是因為愛上了
第一隻托本莫里。

被貓除掉的其中一
隻老鼠，就是布馮（Buffon）
地區無人不知的奶酪大
盜（Le Grand Crème）。牠
在該地區的乳酪店大肆破
壞，因此這心腹大患被除
掉之後，乳酪商為了表示感
激，湊了一些銅板捐給圓形
劇場以支持活動。隨著劇場
迅速揚名國際，乳酪業者相
當以這鄰近的藝文中心為
豪，開始贊助偶爾演出的夜
間喜劇，並且在他們的笑牛
牌（La Vache Qui Rit）商品
大賣之後，稱此戲碼為「乳
牛哈哈笑」。

蹈和音樂，在這裡全有了一席之地，可以隨性發
揮。薄伽丘四重奏就是在托本莫里圓形劇場表
演了他們出色的曲目中唯一以鬧劇呈現的曲子：
桌子四重奏。四名樂手走到舞臺中央，打開小提
琴、中提琴和大提琴的琴盒，擺出一桌晚宴。他
們從大提琴盒內取出桌子，擺上銀器、玻璃杯和
餐盤（水晶和瓷器是從天堂街的櫥窗借來的，最
後樂章結束後會打出廣告），前菜則從其他琴盒
取出。這第一道菜（在此稱為快板）是帶來歡快
氣氛的清淡菜色，接著一位侍者端著主菜（亦即
行板）現身。樂手一面熱烈地交談，一面悠閒地
吃晚餐，觀眾也一樣。乳酪盤（即小步舞曲）由
附近的酪農供應端上，多少也踩著事先向十八世
紀的舞蹈大師學習過的小步舞步。他們也把許
多一口大小的上好乳酪分發給觀眾，觀眾也因為
等不及要品嚐而大聲鼓譟。甜點和咖啡，二部的
活潑快板，圓滿地結束了這個夜晚和精彩的表演
——該四重奏在會後向媒體如此宣稱。

　　正常情況下，每星期四晚上不安排表演。該
晚是「盛大的漫步」之夜，屆時觀眾看到、聽到的
是彼此的動作和聲音，人人從另一個人的眼裡看
到自己的身影。這與在大道上晃蕩或在咖啡廳裡
偷瞄隔壁桌的人不同：在這裡，看臺有好幾層，
其形狀和方向總是變異的螺旋形。有些人盛裝
打扮，有些人一身輕便。穿襯衣招搖的女人和穿
舊晚禮服的不相上下。請攜帶零嘴、鮮花和修甲
用具前來——不管有著什麼樣的朦朧欲望都行

——最重要的是,在你外向的外表下必須懷有發自內心的情感,同時別忘帶上耐穿的跟蹤用鞋。

註記:關於札波、托本莫里以及一條名叫「貓抓魚」的街,其實沒什麼好臆測的。托本莫里很怕水,牠甚至連龍蝦或小螯蝦也不吃,如果它們的殼太濕的話。

夜總會
醉猴
Le Singe Soûlé

放棄街88號
惹內大道45號
馬爾多街128號

和巴提佛（Batifol）餐廳一樣，醉猴分布在城內幾個願意接納它們的地區，目前來說，在蒙馬特（Montmartre）、蒙帕拿斯（Montparnasse）和洛特蒙（杜卡斯地鐵站）[1]。這連鎖店的名稱是從「醜陋年代」的一間熱門夜總會獲得靈感的。那家店的確有隻猴子，直到無數前去縱酒作樂的常客終於明白地打著什麼主意：摸走他們的錢包，才讓他們對老闆大發脾氣。而今醉猴吸引的客群更年輕、更粗野，他們懂得不帶錢包上門，而且很少在半夜一點前抵達。

> 1 洛特蒙（L'Autremont），取法國詩人洛特雷阿蒙（Comte de Lautréamont，1846-1870）諧音。洛特雷阿蒙本名杜卡斯（Isidore Lucien Ducasse），其詩作深刻影響法國超現實主義，著名詩作有《馬爾多羅之歌》（Les Chants de Maldoror）。這裡亦影射 l'autre mont（另一座山丘），因前述的蒙馬特、蒙帕拿斯字根裡都有「山丘」（mont）。

夜總會
頑鼠夜總會
La Taupe Têtue

有愛[1]街61號

若你喜歡跟下三濫人鬼混，來這裡準沒錯，只是千萬別喝店內招牌酒或白蘭地（eau de vie），如果你隔天需要用腦袋做事的話。

頑鼠，指那種囂張到非得施以顏色瞧瞧的人，因此這店吸引了許多不好惹的人光顧。這家通宵不打烊的夜總會位於德朗西（Drancy）一帶，坐落在前市政府一樓。這裡的私人交談不是沙龍式的那種，且當談話停止，通常接著塵土飛揚的一陣扭打，這也是地板被拆除的原因。說來有趣，頑鼠很受經常進出楓丹白露風格廁所的優雅女士青睞。看她們拋開禮教與矜持，互扯頭髮、在地上打滾，真是一大享受。

有用字彙：gueule de bois：
宿醉，直譯是「木頭臉」
（參見頁69）

> 1 Shalimar：喀什米爾語，在印度意指心中有愛。蒙兀兒王朝的君王們曾於帝國境內建造若干Shalimar花園，最富盛名者是為愛妻建了泰姬瑪哈陵的Shah Jahan。

新橋（Pont Neuf）上的戶外電影院，影片投映在塞納河面。票價涵蓋徒步過橋的享受。每年四月至十月，天氣溫和才開放。放映時間則視日落時間及河面平穩與否而定。以持續上映《奧菲斯》[1]馳名。自備座椅進場。

某夜，放映從投影機鬆脫，順著塞納河緩緩漂流而下，此後新橋電影院便身成為歷史景點。當晚觀眾們毫不遲疑地起身沿著河堤奔跑，生怕錯過電影順流而下的每一刻。

在那清澈見底的河床上有個枕頭。魚兒好奇地探查夢境，結果枕頭變成迷你氣墊，載著一具玩偶，順著塞納河漂流。此時新橋電影院正在放映午夜系列，玩偶漂進了其中一部電影，找到了她一直在尋覓的東西：《天堂的小孩》[2]裡那只失竊的錶。

電影院

新橋電影院
The Cinéma on the Pont Neuf

1 《奧菲斯》（Orpheus）：尚考克多（Jean Cocteau）執導，1950年。
2 《天堂的小孩》（Les Enfants du Paradis），卡內（Marcel Carné）執導，詩人普海威（Jacques Prévert）編劇的愛情史詩片，1945年，故事由一場偷竊風波展開。

THE LONG HISTORY OF THE PONT NEUF AS A PLACE OF ENTERTAINMENT

新橋成為消遣場所的悠久歷史

二月河面三度高過了危險標準。人們說：「就連塞納河也想看《雄雞》（Chantecler）。」因為羅斯丹[3]這齣精采的農家喜劇正在聖馬丁門（Porte Saint-Martin）上演——孟德斯鳩想必會萬分氣惱地發現自己在劇中被譏諷為「孔雀」及「愛炫耀的公子哥兒」。

——喬治·潘特
George Painter

電影院
沙漠天使
L'Ange des Sables
不平四世大道88號
地鐵畢哈肯橋站

「德羅什先生，你我上戲院去只會撲空而已！」修賀對第四名職員大喊，同時手往他肩上重重一拍，力道大的足可殺死一頭犀牛。

緊接著一陣叫囂、大笑和驚呼，得用上所有擬聲詞才能形容。

「我們要選哪家戲院？」

「歌劇戲院。」領班說。

「首先，」高岱夏說。「我壓根兒沒說要上戲院。要是我選，我會去看薩季夫人[4]。」

「薩季夫人又不是戲。」德羅什說。

「什麼才是戲？」高岱夏反駁。「我們先把事情說清楚。我用什麼打賭？戲票。什麼是戲？是我們要去看的東西——」

「這樣說，你帶我們去看新橋底下的流水不就得了。」西蒙尼插嘴道。

——巴爾札克

3 羅斯丹（Edmond Rostand，1868-1918）：法國劇作家。《雄雞》一劇裡角色全是動物。
4 薩季夫人（Madame Saqui，1786-1866）：法國有名的走繩索耍雜技的女人。

沙漠天使是一家大的離譜又乾燥的電影院，由來自非斯[1]的電影迷經營，只放映在沙漠拍的片子：《遮蔽的天空》、《加里波利》、《小王子》、《紅色沙漠》、《亂點鴛鴦譜》、《卡薩布蘭卡之夜》、《禁忌的地圖》、《綠蟻安睡的大地》、《無限春光在險峰》（及安東尼奧尼和柏格曼探

索靈魂深處之沙漠的電影)、《然燒吧，我的小風滾草》及其他西部片。

　　這家電影院空氣乾燥，看完電影會非常焦渴，這時不妨上杏仁餅咖啡館或更便利的遺忘大旅棧（Caravanserail d'Oubli）[2]坐坐，補充電解質。若想進一步提神，你可以在彭托瓦茲游泳池（La Piscine Pontoise）或塔里斯[3]游泳池沖澡，沙漠天使戲院的管理員會很扯地建議你如何前往：跳進塞納河逆水而游，在新橋電影院爬過一部叢林電影。

在沙漠天使看電影的時候想閒聊該怎麼說：

＊Combien d'anges peuvent danser sur un grain de sable?
　一粒沙上可以有幾位天使跳舞？[4]

＊Je suis un ange vachement assoiffé.
　我是個口渴的天使。

1　非斯（Fez）：摩洛哥第四大城。
2　caravanserail 是指東方接待駱駝商隊住宿的大客棧。
3　塔里斯（Jean Taris，1909-1977）：法國游泳冠軍選手。
4　模仿神學議題：「一根針尖上可以站幾位天使？」

到世界沙發劇場（Le Divan，全名 Le Divan du Monde）買一本梅墨瓦（Danielle Mémoire）的《旅行紀事》（Dans la Tour）後，我在撓人的細雨中愉快地散步，讓雨絲包圍著，剛修剪過的長髮變得捲翹凌亂，空氣中滲著絲絲涼意。

朝貝拉夏思（Bellechasse）繞路往回走時，我意外來到寶塔戲院。那是一棟中式建築，附有琉璃瓦砌成的茶屋，還有一座花園，裡頭草木扶疏，石頭錯落在地上的褐葉和綠葉間，濕漉漉地閃著光。我坐在低矮的黑藤桌邊喝咖啡。因為距離地面很近，每個人都顯得嬌小（參見服務篇／自助洗衣店）。

電影院
寶塔戲院
巴比龍街57號之1
La Pagode

變裝舞會
Le Grand Bal Travesti-Transmental

　　你說不定也想穿越時空,回到一九二三年,參加由蘇聯藝術家舉辦的變裝舞會。舞會的廣告文宣寫著:

「這將是一場盛大有趣的慶典。有華麗馬車、交通堵塞、選美比賽、小白臉和玩伴女郎、有鬍子的女人、豬玀、旋轉木馬、假造的大屠殺、四頭嬰、美人魚和神秘舞蹈,以及用堅韌電線纏綁身體的怪異表演,全備有防火設施,保證不會有意外發生,對各年齡的小孩都很安全。共襄盛舉的有:德洛內(Delaunay)和他一幫越洋的扒手、貢查諾娃(Goncharova)和她的面具精品、拉里歐諾夫(Mikhail Larianov)和他的軸射光線主義(rayonism)、勒澤(Léger)和他的機械美學、拉芬森(André Levinson)和他的明星舞團、梵希立夫(Marie Vassilieff)和她的畫作、查拉(Tristan Tzara)和他的肥鳥、裴恩(Nina Peyne)和她的爵士樂團、巴辛(Pascin)和他最早的肚皮舞孃、科卓亞娜(Codreano)和她的舞碼、伊利亞茲(Iliazd)和他一〇六度的高燒,以及其他精彩表演。舞池將由當今最頂尖的藝術家布置。」

——《梭妮亞·德洛內:韻律與色彩》
(Sonia Delaunay: Rhythms and Colors)[1]

---

1 梭妮亞·德洛內(Sonia Delaunay,1885-1979):生於俄國,在法國發跡的藝術家,同時也是時尚設計師,第一位在世時在羅浮宮舉辦回顧展的女藝術家。先生侯伯·德洛內(Robert Delaunay)是也是畫家。

餐廳及咖啡館篇・RESTAURANTS *and* CAFES

「我已經兩天沒吃東西了，奧莉薇亞，」普魯斯特說。

「我一直在寫作，首先我要一杯很濃的黑咖啡，濃度加倍，所以，」

他熱切地補上一句，「妳別擔心，算我兩杯的錢。」

離開時，他已口袋空空，所有員工都離譜地獲得了小費，

只有一人除外。「你能不能好心借我五十法郎？」

他問門房，後者輕快地掏出滿是
銀行借據的錢包。

「不了，留著吧——那是給你的
……」

——喬治·潘特

terre heureuse

BRASSERIE
G. SCHACHER

BATISSERIE JULIEN

RUE DU HA

Spécialité de
PARIS-PATÉS
EXPÉDITIONS POUR LA FRANCE ET L'ÉTRANGER

La Regi

ZITE

PARIS, le 19

須與他人併桌用餐，但保證享有隱私

 內有烤爐

 泡芙一級棒

 服務生好色

 很晚打烊

 很早營業

 服務一流

 服務生對顧客敬而遠之

 別吃今日特餐

 提供刀具

粗濫地模仿凡爾賽瓷宮（大特里亞農宮）的小特里亞農品嚐屋，像凡爾賽瓷宮一開始一樣，是個可以慵懶地享用點心的好地方。它確實迎合了自詡為貴族的人，所以你不妨戴上撲了粉的假髮，蹬上高跟鞋（尤其是你們男人），同時別忘了假痣（你最美五官旁的美麗記號）。這裡提供的菜色全憑客座主廚的突發奇想，假日時他們會在平日菜單之外加上本日特餐，大顯廚技自娛之餘，也讓客人笑逐顏開。當餐飲界明星當中的兩位同時進入廚房，晚餐的客人就有口福了，只是免不了會掀起一場烹飪決鬥。為了贏過對方，他們總會勝過自己，因此大家都是贏家，尤其是顧客或在場見證的人。

---

1 gueule指的不只是「臉」，也是「口」，在amuse-gueule裡指的多半是「口」（悅口的小東西、開胃小點），所以作者使用英文mouthful這個字。

小特里亞農品嚐屋
Petit Trianon de Dégustation
野豬街66號

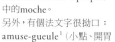

請別戴上這類的假痣（mouche，法文亦指蒼蠅），也別把它和醜陋（moche）搞混，一如「美好年代」(La Belle Epoque) 的反面「醜陋年代」(La Moche Epoque) 中的moche。

另外，有個法文字很拗口：amuse-gueule[1]（小點、開胃菜）。

gueule就如英文裡mug這個字，是「臉」一字的俚語（見頁62，關於gueule及醜陋年代的內文）。

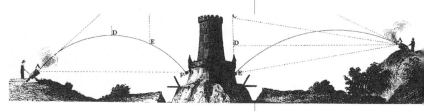

「她的美透著一種悶燒的質感」這句話浮現在來這裡讓死灰復燃、找回往日烈火，或只想來吃一客烤羊排的情侶腦海。裝潢和格局極具私密感，服務周到，非常晚打烊。

熾熱的小炭火
Aux Petit Charbons Ardents
希歐多死巷10號

金丘餐廳
La Côte d'Or
壞心思街19號

這間以美食著稱地區來命名的金丘餐廳，於一九七九年歇業八個月，當時「雙關語及文字遊戲部」的首長新官上任，極力反對餐廳原本的名稱「波恩口味」（Beaune Appétit）。尖刻的論述、符號學證明，以及小拉魯斯派[1]的引證，在一頓又一頓精饌佳餚間激烈地交鋒對峙。對此，很多巴黎人不禁懷疑，名稱爭議遲遲未決，純然是因為與會者想藉機大啖美食。餐廳老闆長期為反對者和擁護者供應免費的午餐及晚餐，最後終於受不了，扔下廚師高帽認輸，於是他的媳婦終於有機會實現野心，戲耍當權者，也就是那些男性沙文學院豬。她在入口處擺了衣帽架，掛上許多金織外套，邀請女性用餐者披著它們入席，或最好在上菜空檔披著金織外套厚顏薄恥地在走道上招搖。這假借衣著、精心盤算的宣告，顯然是衝著雙關語及文字遊戲部而來，但這項文字遊戲有一半是英文，對此該部無權管轄。

註記：這則餐廳評論是由一位嗜好惡搞語文的狂妄之人所寫，這人嚴重地與人性脫節，但和他舅舅走得很近，後者是瑞士某出版社的大股東，該出版社發行本書的瑞士字體（Helvetican）版，且附上義文、德文、法文對照（多文合一！），因此我們只好乖乖把這篇納入，但附加了說明。波恩（Beaune，與法語Bon Appétit「祝你胃口大開」裡的Bon同音）是勃根第金丘區的重鎮，那是個造訪的好理由，不是嗎？只是那地區的產物全輸往巴黎，佔據它的餐桌，賺走它的錢。那麼

相形之下，媳婦的復仇算得了什麼呢？

金丘餐廳的「丘（Côte）」音同英文的coat（外套），這是上述文字遊戲一半是英文雙關的原因。D'or指金色、鍍金的，音近doré，這不只是古斯塔夫·多雷[2]的姓，亦見於完全非法國的化妝品和助曬乳液品牌。那些金織外套就此終結了這令人惋惜（更像是不得已）、且由瑞士某豐渥銀行帳戶資助的題外話。

1 指擁護小拉魯斯插圖辭典（Le Petite Larousse）者。
2 古斯塔夫·多雷（Gustave Doré）：十九世紀法國著名版畫家、雕刻家和插畫家。

洛普洛普小館
Brasserie Loplop
誤會街156號

這家餐館以恩斯特（Max Ernst）的美術拼貼小說《一百個無頭女》（The Hundred Headless Woman）裡的詭怪生物命名——順帶一提，它提供將人綑綁並塞住嘴巴的服務，額外付費即可——且只在一百個女人上門後才開始供餐，一旦少於這個數目便停止供餐，直到人數再度到達門檻。因此，端往餐桌的托盤經常停在半路上，應該說在停在半空中，侍者杵著發怔，路過的女人偶爾會被拖進餐館（在此情況下，綑綁費用由餐館負擔），好讓某顧客吃飽喝足再趕往某戲院的包廂。這個設計自然會使友情、戀情和婚姻出現裂痕，因為女人受邀難免啟人疑竇，男人總要煞費心思讓這一切像是再自然不過的午間或夜

「我是人……可不是蛋捲。」
——安東尼·伯吉斯
Anthony Burgess

間約會。變裝癖者在此同樣有大量的市場需求，因此他們多數以這一區為家，並適時「出賣身體」（其實他們賣的是腦袋，照《一百個無頭女》的觀點，這才是最關鍵的）——他們絕少會餓到肚子，也不會沒人愛。

向恩斯特致上歉意

掌上明爪
Patte à la Main
埃及人大道
177號

這景象並不罕見：一家人坐一桌，席上包括一位耳朵大而柔軟，鼻頭閃亮，舉止和其他沒那麼毛茸茸的成員一樣得體的傢伙。然而「掌上明爪」是特地為狗狗和牠們家人開的館子，供應的菜餚可以人狗共享，也有專為狗狗或人類設計的菜單。狗狗必須栓在座椅上，免得牠們和同類太過友好，彼此嗅聞，或張口大咬。進出餐館時牠

們也會被嚴密監控，以免犬類之間發生不測。狗狗特餐包括os avec sa moelle（帶骨髓的骨頭）、tripe à la mode de Cannis（狗城燉牛肚，狗狗版本的康城燉牛肚tripe à la mode de Caen，諾曼第的經典菜色）、confit de canard canadien（加拿大式油封鴨）[1]、boudin Tintin（丁丁血腸）、biscuits à l'aboi（吠叫餅乾）以及le chien-dent（字面意思就是狗牙，語出雷蒙·葛諾Raymond Queneau的同名小說）。

月圓之夜只招待狼，你會訝異竟有那麼多狼光顧。牠們從育空（Yukon）、卡卡瑟斯（Carcassus）、布科維亞（Bukovina）飛抵。這類的聚會曾被拍攝下來，播放給一屋子的貴賓犬觀看，牠們被狼嗥觸動，於是扯開身上的緞帶，弄斷座椅安全帶，不屑花草茶和瑪德琳蛋糕，接著古老的本能發作，開始在椅子腳和如今疏遠的人類身上撒尿標示地盤。彼此一看對眼就撲上，激烈地交配，生死相依，完全不需賢佐儷咖啡館從中作媒——賢佐儷咖啡館的老闆本身是個不婚族，當他店裡的事情進行得不順利時，總會恭敬地向這些成雙成對的狗狗討教。

納達咖啡館廁所裡的告示：
尋狗啟示：
一隻口袋大小的迷你幼犬，
黑色比利時牧羊犬，聰明。
（會說或聽懂七種語言，對排版有基本認識）
賞金從優。電話：47 77 00 95。

犬藝春秋──
咖啡館裡與狗有關的談話：

*Pourriez-vous servir un soufflé au Grand Marnier à cette charmante petite chienne près de la fenêtre ? Avec les compliments de mon schnauzer.
可否請你們送一份柑曼怡香橙干邑舒芙蕾給窗邊的那位迷人的小母狗，同時附上我家雪納瑞的讚美？

*Une assiette de plus de boudins pour mon bulldog, et une pizza végétarienne pour moi.
請再給我的牛頭犬一盤血腸，給我一份素食比薩。

*Mon airedale bave. Qu'aviez-vous mis dans son ragoût ?
我的萬能梗犬嘴角冒泡，你們在牠的燉肉裡放了什麼？

---

1 這是在玩弄canard（鴨）與canadien（加拿大的）的音似（法文的canadien比英文的Canadian唸法更接近canard）。

納達咖啡館
Café Nada
慕奇街222號

　　納達咖啡館其實是家不折不扣的餐廳，如此命名是好心地想把達達咖啡館[1]裡的搖搖馬平穩下來。這裡是除了內閣餐廳[2]之外，另一個深受出版人喜愛的地方。這裡也受作者及未來作家的青睞，後者偏好把Nada一字譯成塞爾維亞──克羅埃西亞文裡的「希望」。雖然以出版人的品味，它意指西班牙文「落空」的意思，因為他們只需為桌椅、玻璃杯、瓷器、銀具、氣氛，以及員工的表現付費。

　　出版人這種新的用餐方式，其實是作家想出來的，他們懷疑蝦子濃湯滴滿了他們的手稿，小說情節（plots）裡的其他菜餚（plats），並沒有讓他們的文章更有分量，況且，當嘴巴塞滿了小牛胸腺肉，舌尖是迸不出好話的。於是文雅的進餐方式就這麼出現了──餐盤碰撞聲降至最小，菜一道道上，機智得體的侍者妙語如珠──你可以確定，若對拉伯雷（Rabelais）、魏倫（Verlaine）、霍格里耶（Robbe-Grillet）、葛諾（Queneau）沒有深厚了解，沒有紮實的文學底子，沒有高超的文學造詣，是不可能在這裡謀得差事的。事實上，侍者可以在書面菜單上任意揮灑文采，以瓦勒希（Paul Valéry）、史坦（Gertrude Stein）、阿爾普（Jean Arp）、培瑞克（Georges Perec）的風格敘述本日特餐。最高明的侍者精於即興創作，出版人光顧便遞上暗示對方旗下作者群的菜單，一見作者便遞上暗示他所有著作的菜單。小費便是以此為基礎打賞的，所以這些傢伙比埋頭鑽研

拉岡和康德的讀書人更跟得上時代。不止一位侍者退休後受邀到索邦大學任教。

要進這個圈子不容易，但你會有機會窺見某個敬愛的作者離開餐館時，啃咬著從裡頭夾帶出來的長棍麵包，或苦思一首預支稿費的十九行二韻體詩。

若你真能蒙混進去，不管託辭是真是假，一定要使用他們的廁所。許多見解和巧思化為牆上的漫筆隨談，只要累積足夠的好文章，《文評》就會將之集結出刊。但這個媒介還有其他目的，作家和他／她的出版人有時會退到廁所裡，激昂地回應牆上的文章。由於法國廁所的洗手檯是男女共用，所以在牆上打筆戰也沒有性別問題。

餐館的窗內自然擺著書本，館內也掛滿相片，捕捉了在桌邊達成的著名交易或幕後花絮。作家經紀人在法國文壇的角色沒那麼重要，他們被留在人行道上，日復一日進行著鋪張的午餐。

---

1 有一說是德語裡，達達原指兒童的搖搖木馬或旋轉木馬。
2 內閣餐廳（Les Ministères）：巴黎百年餐廳，二次大戰德軍占領巴黎後，該餐廳當時成為抗軍領袖聚集的大本營。
3 龐大固埃（Pantagruel）：典出拉伯雷小說《巨人傳》裡的人物，一位詼諧讜諧的酒徒。
4 哈皮公主（Princess Hoppy）：胡伯（Jacques Roubaud）的後現代童話《哈皮公主：一隻拉布拉多的故事》（Princess Hoppy or, The Tale of Labrador）裡的人物。
5 中篇小說（novella）結尾自拉丁語系的語文（如法文、義大利文）看來像是陰性，很輕易能擬人化為挑逗性的女子，投合男性出版人與讀者的胃口。
6 度假減肥旅館（fat hotel）：英文裡有fat farm的說法，意指到鄉下農場度假兼減肥，這裡應是指鄉下人到城裡旅館度假兼減肥。

廁所隨筆二三則：

諸位作家們！當心龐大固埃[3]出版社的編輯費利斯·布歇盧。當我們在這裡會面討論時，他吃掉了我的手稿，之後竟然還有臉要侍者也把磁碟片拿去煎一煎！

哈皮公主[4]是我的菜！

謹慎、已婚、有一把年紀的出版人，徵求驚悚刺激的中篇小說[5]，七十至八十五頁。這小說要先吊吊讀者胃口，再投其所好。文風模仿法朗士（Anatole France）會優於對胡塞爾（Raymond Roussel）的諧仿。

若看見一位機敏但受到驚嚇，且對每個蠢問題都有聰明答案的綠眼女子，以及一位在度假減肥旅館[6]裡發抖、凶狠寡言的高瘦人，請來電43 20 79 86告知──這兩人破壞了我正在寫的小說《迷茫月夜》的對稱性。

屠宰場
L'Abatoir
古謗街45號

如古羅馬賽馬場[1]般廣闊多功能的維葉特科學公園（La Villette）在美麗城北的屠宰場舊址開張之後，屠宰場餐廳變得風靡一時。負責這野心建案的建築師楚米（Bernard Tschumi），想必最懂得本書的用心，因為他說過：「《芬尼根守靈夜》[2]是二十世紀最偉大的建築作品。」

屠宰場是間富有創新能力的素食餐廳，位於聖潔涅薇芙山秀麗的山側。雖然店名的品味不佳，但料理不但具有創意，且借巴爾札克的形容來說——很妙（drolatique）（離奇逗趣、詼諧，甚而滑稽）。在這裡，你會吃到挨揍的茄子，長得正盛之際被腰斬的蘆筍，其他菜色諸如artichauts étouffés（噎到的朝鮮薊）、endives se reposant dans la boue（泥中打滾的菊苣）、haricots sous la manteau de la nuit（夜幕下的豆子）、riz basmati selon les caprices du chef（印度香米之主廚狂想）[3]及choc d'Alsace（阿爾薩斯驚魂，令人驚奇的德國酸菜料理）。甜點也同樣美味多變。不推薦農人骨氣（ossiette paysanne）這道菜，這道菜拿法文的盤子（assiette）一字開了殘酷玩笑——os意指骨頭，paysanne指農民。馮內果在法國也有書迷——每次菜單更動，依然會有一組五道菜的午餐或晚餐被稱為「第五號屠宰場」[4]。

1 古羅馬賽馬場（hippodromiac）：兼具運動賽事、音樂表演、舞蹈、雜技、馬戲等多元的遣興空間。
2 《芬尼根守靈夜》（Finne gans Wake）：愛爾蘭作家喬伊斯最後一部長篇小說，喬伊斯企圖以書中人物的夢來概括人類歷史，融合了神話、歌劇、民謠和寫實情節，大玩語言文字遊戲，使用十多國的詞彙，將字詞解構重組，形成各式各樣雙關語，猶如文字迷宮，甚而大量創造新詞。作者在此點出她書寫本書的企圖心。
3 這些菜名在開法文菜單寫法的玩笑。étouffé（窒息／燉）、sous la manteau de（穿上大衣／淋上醬）、selon du chef（主廚私房菜）等法國人很習慣但外國人看來盡是些雞飛狗跳的動詞。
4 美國作家馮內果（Vonne-gut）的小說。

在瑪黑區，遊客從龐畢度中心前往畢卡索美術館時很可能會遇上一條路——壞男孩路（rue des Mauvais-Garçons）。較不為人知的是壞男人婆街。在這條街，你會發現有兩家和街名一樣的餐廳打對臺，各自譁眾取寵地表述店名的含意，manquer的意思是「不足」，garçon manqué就是法文的「男人婆」的意思。我們要介紹的這家餐廳，女侍一概以男裝打扮，而另一家呢，只是少了從前還稱作「雨果兄弟咖啡廳」時的侍者——這對和母親長得一點也不像的兄弟，覺得沒必要花腦筋另外想名字，而且根據彼此個性互補的原則，兩人聯手投資各式各樣的生意——我們會發現他們後來在工商名錄黃頁裡寫道：我們的芥末醬又回來了！（Revenons à Nos Moutardes）[1]在第一家壞男人婆餐廳，從老闆、廚師到洗碗工和女侍，除了個性放浪不羈、不刮腿毛又難纏之外，還有許多共通點。她們小時候全都因為攜帶刀具、打架鬧事、用自製彈弓打破玻璃等事蹟屢遭小學退學，並且音樂課時選的樂器是伸縮號、鼓和低音薩克斯風。對用餐者來說，餐廳員工下班後的爵士即興演出，使得吃宵夜，以及乳酪和抽菸之間漫長的停歇，成為最令人滿足的消磨。

壞男人婆酒館
Brasserie des Mauvais-Garçons Manqués
壞男人婆街19號

酒館內常聽到的抱怨：
Notre serveuse m'a juste mis un œil au beurre noir et m'a renversée ce cassoulet sur mes genoux. Elle m'a aussi déchirée les bas.
女服務生不但把我打得鼻青臉腫，把砂鍋料理倒在我腿上，還撕破我的褲襪。

---

1 法文片語revenons à nos moutons即let's get back to track，言歸正傳、別拿不相干的來亂的意思，moutons（綿羊）跟moutardes（芥末）音近，但芥末是黃的——應在開黃頁的玩笑。

每晚的騷動偶爾會鬧大

2 喬治桑
George Sand，1804-1876：
本名Lucile Aurore Dupin，
以男性筆名寫作的她，是法
國文壇著名的男人婆。

菜單內容豐富，包含地方菜餚和主廚推薦（別錯過rognons coup de pied，帶勁的腰子，或haché aux troix piments，煎牛絞肉排佐三種辣椒），甜點往往會澆上白蘭地燄燒。豪邁大膽的招牌餅乾：喬治桑[2] 油酥餅，配喝采咖啡吃尤其對味。千萬要留心餐具：多虧巴黎當代男人婆，刀叉之中偶爾會混入彈簧刀。

注意，每月的第一個星期二，該餐館不對外營業，預留給「壞男人婆協會」聚會。該協會會員一概是當今有頭有臉的商場女強人，這令黑手黨憂心忡忡。

白鴿餐廳
La Paloma
悔恨街78號

白鴿餐廳的菜單全以「p」字開頭，菜色的選擇多樣，看過菜單前先別打消上門光顧的念頭。菜單內容包括：*pain*、*poulet*、*poisson*、*pistou*、*poivron*、*palmier*、*petits pois*、*pissenlit*、*pâtes*、*pignons*、*poulpe*、*piperade*、*pistaches*、*pastis*、*pastitsio*，以及為晚餐畫下完美句點的*praline*、*profiteroles et plein de pâtisseries*。

將上述菜單一一譯成中文會有點破壞情調，但讓你看得一頭霧水不知該點什麼也不妥，因此，菜色依序如下：麵包、雞肉、魚類、普羅旺斯青醬、以青醬為基底的湯、甜椒、心型蝴蝶酥、青豆（在大人都被送往鹽礦坑幹活兒的年代，法國人吃的唯一一種豆子）、蒲公英（法文的字面意

思是尿床，因為它有利尿功效）、麵食、松子、章魚、piperade是以甜椒、番茄、洋蔥和火腿為配料的巴斯克式炒蛋，開心果、茴香酒、pastitsio是希臘式千層麵，在層層鋪疊的通心麵和肉桂番茄肉醬之上再敷一層香濃乳酪焗烤而成。且讓我稍微喘一口氣，再接著介紹甜點：杏仁核果糖、好吃到無需贅言的奶油泡芙——儘管點它就對了，吃了才知道！——以及各色糕點。

如果你想知道內幕，探一點八卦的話，還記得鈴蘭旅店（參見住宿篇）那位老是悒悒不快的女老闆布諾（Pugnol）夫人？經過十三年不愉快的婚姻生活後，布諾先生離開了妻子，還帶走一些他後來擺在白鴿餐廳裡的刀叉。所以菜單上全以P字開頭不僅代表他的姓氏，也意味著他尋求並期望能散播的和平（peace）——比方說散播在你的奶油泡芙上。

重拾單身生活，痛快享受自由和孤獨，談了幾回小戀愛，如此數年之後，布諾先生（我們這些習慣在他養了鴿子的餐廳用餐的熟客都叫他安布華）和索邦大學的研究生娜耶蜜·布里克布定了下來，不久娜耶蜜便在白鴿餐廳的菜名上貢獻了創意。魚類（poissons）菜單底下有一道她命名的菜色，陷入存在危機的「波娃鮭魚」[1]（saumon de Beauvior）。對於顛覆藝術與現實的馬格利特崇拜不已的畫迷，則一再地點「這不是巴斯克炒蛋」[2]，直到正宗的巴斯克炒蛋大表抗議。

為了向和平（La Paix, Peace）致意（雖然它離位於巴黎最不平靜角落之一——巴黎歌劇院前——的和平咖啡館[3]很遠），白鴿餐廳在大門上方掛了一個由橄欖枝巧妙編織而成，綴有色澤斑斕的橄欖的羽狀飾物。鴿子不在餐廳菜單上，但在餐廳內隨意走晃。

1 取法國存在主義作家西蒙·波娃（Simone de Beauvoir）的諧音打趣。

2 以馬格利特名畫「這不是煙斗」的諧音打趣。

3 和平咖啡館（La Paix）：巴黎著名咖啡館，於1862年開張，文人名流經常在此出沒，1975年列為歷史古蹟。這裡是把玩paix / peace的一語雙關：和平／平靜，歌劇院前的和平咖啡館因為人氣鼎盛，所以並不平靜。

「……巴朗（Charles Baron）買下這間空蕩蕩的房間，好跟那迷人的女友同住，關於這女友，我只斗膽冒昧說一句，某些日子裡她看起來怪異地像隻負傷的鴿子。」

——路易·亞拉岡

精美的屍骸
Le Cadavre Exquis [1]
填字遊戲十字路口9號

超現實主義者使用的詞彙： hasard：巧合、偶然性（超現實主義者常用，正確或權宜的字眼／手法）別跟par hasard碰巧（見頁95）搞混。

對食人者和戀屍癖者來說，精美的屍骸（和精美的洞穴相連）不是罪惡的淵藪。喜歡到這裡用餐的人多半對超現實主義有所偏好或興趣。餐廳裡的所有菜餚，或者說招牌菜，都是由蒙眼的廚師群以藝術手法共同製作出來的，他們看不見自己的創作，也看不到同事的作品。大部分的菜餚都是三或四位大師聯手的成品，更精緻昂貴的菜（要好幾位用餐者才吃得完）需要更繁複的創意和花費。不過廚師會拿下蒙眼布親自督陣，確保甜點確實是用甜的食材製成，而非拿鋪在比薩和開胃脆餅（canapé）上的鯷魚做的，但這一點並不容易掌控，因為採買小組在採購時也是蒙著眼的。不過業主信誓旦旦地保證：所有前菜、主菜和甜點都可以食用，不會添加塗料、砂紙、丙烯、釦飾、喚起幻影的東西或哲人之石。

1 由超寫實主義派於1925年左右始創的一種集體造句或繪圖的遊戲，一人起頭在紙上寫下一字或畫上一筆，把紙折好傳給下一人，這人接續寫上一個字後再把紙折好傳給另一人，如此這般造出一個句子／完成一副素描。

咖啡館簡介

咖啡館是日常生活中無所不在又不可或缺的一部分。還有什麼能讓每個角落、人行道和廣場如此怡人優雅呢？還有哪個地方能讓朋友相聚，讓私通的人一解情思，讓原本相識的人頭一次擦出火花？還有什麼地方能讓你講電話，或者鬼鬼祟祟地找廁所？思想家兼作家的雷諾・勒布朗（Raynaud Le Blanc）曾在某次訪談中說道，如果他必須在住處和常出沒的地方二擇一，他無疑會選擇後者——也就是瘦鼠咖啡館（Le Rat Ecrémé）。他這番心情被公諸於世後，妻子與孩子（反正他們也不喜歡他待在家裡）便訴請離婚，拿走他口袋裡所有的錢，因此，只剩一個銀行帳號的他不得不開家咖啡館，以支付他所需的大量牛奶和香菸。在他那家位於聖賈克運河街（Fossés-St-Jacques）的破口袋咖啡廳（La Poche Déchirée），你會發現他心懷不軌，但也無傷大雅。在那裡除了咖啡和可頌、愛發牢騷的男人們和火柴盒，他也兼賣二手書，允許顧客取閱或在上頭寫字。

咖啡用語：
un café allongé：淡咖啡[1]——這可能意味著你喝了之後會拉長了臉，或者咖啡因被分散到好幾杯裡。假使你想用美腿和人造爪子來逗侍者開心，你可以假裝點一杯淡咖啡能招來豔遇，舒服躺平。別在酒吧收銀檯橫生媚態，在雅座比較適合，帶著妳的聖伯納犬尤佳。

---

[1] 濃縮咖啡加熱水稀釋；法文字面意思為「拉長、伸展開的咖啡」。

由因緣咖啡館的同一個老闆所擁有和經營。這家咖啡館不容許夫妻間冷漠的沉默、哭哭啼啼和言語上的針鋒相對，這類夫妻偶爾會影響其他用餐者的行徑。因此，當夫妻的一方邀請另一方來這裡用餐，便立即釋放休戰訊息。他們一派文雅地抵達、用餐，往往忘卻先前爭吵的原因，直到送上咖啡和泡芙。不過恩愛的夫婦來此用餐也可能埋下爭吵的火種，就如風雨前的寧靜。

賢伉儷咖啡館唯一不能容許的是上述行為。至於用餐者，什麼樣的組合都行：男人和他的狗，女人和她的鏡子、異性或同性的三人行，偶爾會出現女王和她的性奴隸。無須出示結婚證書，假使需要的話，餐廳同樣接受市府頒發的同居證書。

在七〇年代和八〇年代初期，賢伉儷咖啡館暗中變成短期或長期交換配偶的場所，不過愛滋病或法文所謂的SIDA，無疑使這一切轉趨沒落。如今它已回歸開店的初衷。用餐者若不智地相互指責或重翻舊帳，會被強迫洗碗、灌香腸、刷地板，而且在被送上樓就寢前，必須當場重修舊好。

賢伉儷咖啡館
Café Conjugal
火柴街368號

賈克·胡伯，論理想中的可頌

胡伯 (Jacques Roubaud) 是法國最偉大的當代詩人、小說家之一，
其詩作經常被「詩意的屁股」節錄到褲子上
(參見商店及購物篇) 同時也是巴黎第十大學的數學教授，
因此我們可以確定，他想必從各個角度檢視過可頌，始得出此定律：

　　理想的可頌……堪稱為奶油可頌之原型的可頌，必須具備以下特色：相當修長的菱形，兩端收圓，麵包體幾乎筆直 (唯有原味可頌，而且僅有這一種，具有鄂圖曼土耳其的新月外觀) ──呈金黃色──胖鼓鼓──不能烤過頭──也不能太白或黏糊──油會滲過包裹它的薄紙沾上手指──依然是溫熱、剛出爐，尚未涼掉……

　　理想的可頌包含三項基本元素。由柔軟外殼保護的三個相扣連的部分，與一隻幼小龍蝦有幾分相似。這可頌/龍蝦同形物，中段有如甲殼動物的身體，兩端則像沒有鉗子的螯。它是極具風格的龍蝦，簡言之，一隻形式化的龍蝦。可頌若是完美，光是捏著兩個「螯」輕輕一拉，它們就會輕易地從「身體」鬆脫，各自拖曳著從中間──依然溫熱的可頌內部──抽出迂迴而逐漸變細的內容物餘絲，毫不費力，不產生麵包屑，不發出任何聲響，也無需撕扯。我在此公開聲明，看出可頌和龍蝦在構造形態上的雷同，乃我個人洞見 (至少我認為毫無「先發制人的剽竊」之嫌)，並名之為「奶油可頌之胡伯定律」。

──賈克·胡伯

關於達達藝術運動的名稱緣起一直眾說紛紜。在俄文裡意指「是的，是的」的「達達」一詞頗具爭議性，因為這派人對很多事情「不以為然」——反抗所有的傳統藝術與生活，包括戰爭和邏輯在內。達達咖啡館的命運和達達一詞的另個意思「搖搖馬」牢牢綁在一起，它也是以此為裝潢主題。桌巾用的是頂級織品，座椅全都以搖搖馬為造型，而且也像搖搖馬一樣可以前後搖晃，讓顧客等等侍者前來招呼，或看著菜單想要點什麼吃時有事可做。只不過，這裡沒有菜單，也沒有侍者，甚至連廚房也沒有。西面的牆排了一排食飲機，顧客可以從別的餐廳、旅館的早餐、朋友的晚宴和自家餐廳帶來不想吃的食物、咖啡和熱可可，然後倒進那些機器裡，機器會退給你各式各樣的外幣。這家咖啡館內嚴禁飲食。你若在崔納旅館住上一兩晚，特別適合來達達咖啡館——崔納旅館的老闆員工均童心未泯，叛逆作風也頗逗人開心。

達達咖啡館
Café Dada
方托馬死巷7號

警告！
這家咖啡館裡機器的惡劣行徑是出了名的，如果它們不斷地被塞進不合胃口的飯菜的話。一回，某臺機器竟向顧客吐回一坨可疑的溫熱液體，因而被告上法庭。然而這行徑最後被判定為毫無惡意的任性作為，被視為充分吻合該咖啡館所標榜的達達主義。

拍賣：一個雪茄盒有最優美的古巴形容詞、夜總會和糾紛。意者詳洽巴黎B.P. 178, 75003郵政信箱。不接受俄國硬幣和古巴硬幣（coins）——當然，除非你想自創新詞（to coin a phrase）。

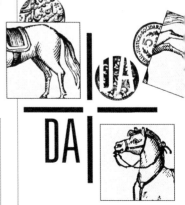

鑽孔咖啡館
Café Trépan
卡普街22號

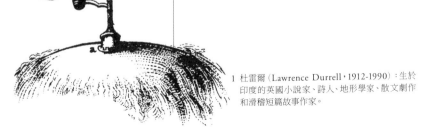

（斯高比）說著一口破英文和破法文，詞窮時他會拿某個不知其意的字彙來湊，而那怪異的替代字詞往往饒富趣味。這成了他的標準作風，如此一來他簡直出口成詩——譬如他曾說……「這輛車今天被鑽孔了……」

——杜雷爾[1]

　　這家咖啡館的英國業主從前是醫療史學者，店名是希望這個地方能讓人在下班後抒解壓力。但他萬萬沒料到，不僅說英文的人多半忘了店名的意思是在頭頂鑽孔，對說法語的人而言，它還意指車子拋錨，換句話說，就是en panne（或最正確的寫法，être en panne）。因此在巴黎，鑽孔咖啡館變成汽車技工和計程車司機經常出沒的地方。他們經由口耳相傳得知這裡，毫無疑問地沒人看見店名怎麼拼，因為招牌高出他們的視平線——至於他們為何會流連在店名暗示機械故障的地方，就隨大家去猜吧。每當計程車車行換班的時間一到，出亂子大轎車出租公司（Ça va Chauffer！）和達飛計程車（Auto da Fée）這兩家敵對車行來的司機陸續前來時，這地方可真是趣味橫生——火花和皮草齊飛。

　　面向廚房處掛著阿波里奈爾（Guillaume Apollinaire）的著名照片，照片裡的他頭部因打仗受傷而包著繃帶，標題是他的詩句：

　　　　「頭上的傷如氣仿在鑽」

1 杜雷爾（Lawrence Durrell，1912-1990）：生於印度的英國小說家、詩人、地形學家、散文劇作和滑稽短篇故事作家。

洋溢著雞蛋花香和奶油杏仁餅香的杏仁餅咖啡館，是個甜點琳瑯滿目，氣氛悠閒愜意的沙龍，可以任顧客放縱感官、耽溺享樂，但多半是在店家的腦子裡進行。菜單上沒有詳細列出每樣糕點、飲料、娛樂，只有幾個大類和各式沙發座（canapés）（法式長沙發，不是上頭放有蝸牛或笑牛牌乳酪的開胃麵包片）[1]，顧客可以在沙發上嬉戲調情、小口吃食、啜飲，時而心醉神迷。

杏仁餅咖啡館
Café Frangipane
野蠻街58號

甜點菜單

Lalique ···········	萊麗 [2]
Tonique ···········	滋補
Pique-nique ···········	野餐
Tropique ···········	熱帶
Nomadique ···········	晃蕩

凡是點萊麗者都要先購買保險及使用萊麗水晶餐具的特權：餐點價格涵蓋了保險費，而且甜點一如水晶杯、水晶盤及插著雞蛋花、玫瑰和其他當季花朵或暖房花卉的萊麗花瓶一樣精緻。滋補是一道迷你青春之泉，帶來舒爽快感，讓你一時片刻如獲永生。在愜意的躺臥之後，精神大振的人們（Toniqueurs和Toniqueuses）往往會奔出咖啡館，前往布隆森林。野餐恰如其名，顧客在綿延的草地上隨性地舒展四肢，隨附柳編籃裡的食物和瓷器，不似這裡的其他選項那樣易碎。熱帶的食物從東南亞、南美和非洲來，永遠色彩

玻璃杯用語：

un verre：玻璃杯，或指第一步，通常是素昧平生的陌生人的搭訕，例如：Voulez-vous prendre un verre avec moi?（可否請你喝一杯？）Dommage, mais j'ai déjà pris un joli verre avec les polonnais. 抱歉（你運氣不好），我已經跟那些波蘭人愉快地喝了一杯。假使你待的時間夠久，並掏出口袋行事曆／日記本開始書寫，你會很快記下諸如「Heloïse verre vers 16 h.（哀綠伊思一連喝了將近十六小時）」一類的句子。

Vers：將近，大約（同à peu près，差不多之意）

咖啡館閃爍著光芒，煤氣燈燦燦地用它新興行業特有的熱情燃燒著。在燈光的照耀下，四周的牆壁通明刺眼，一面面鏡子反射著銀光，大廳內處處妝點著金銀珠寶；臉蛋胖鼓鼓的侍從手裡牽著狗，太太們挑逗著落在她們手上的隼鳥，女神和仙女頭上頂著水果、點心和野味，赫柏們（Hebes，原譯註：希臘神話裡的女神）和加尼米德們（Ganymedes，原譯註：為眾神酌酒的美少男，宙斯的司酒童）手中擎著盛滿奶茶的雙耳杯，有的端著色彩斑斕的水晶托塔。所有的歷史和神話都活躍在這閃射的燈光下，都用來為貪吃的人們服務了。

　　　　　　──波特萊爾
　　　　　　Charles Baudelaire [3]

繽紛。晃蕩不供給坐長沙發的顧客，只供給在花園漫步的人（請遠離野餐者，免得踩到他們）。

　　Toxique，毒物──檯面下的秘密選單──非常昂貴，只供應給自殺者和情殺者，必須事先安排（包括盛大的喪禮），並且與主廚洽談。

　　顧客或斜倚或坐在絲綢坐墊上，由穿著絲綢睡衣的侍者服務。絲綢睡衣在隔壁精品店即有販售，不然也可花二十法郎租一件直到離店。單單上更衣室就值得你花這個錢。杏仁餅咖啡館揉合了十九世紀東方風格，帶有福羅拜（Gustave Flaubert）在《沙崙波》（Salammbô）裡的幻想以及《魯拜集》（The Rubaiyat of Omar Khayyam）的情調，令人迷眩。這一切莫名地奏效了，它喚起的歡愉如此微妙，形諸於文字反而破壞了它。

1 Canapé因為在英美高級餐廳的菜單上常出現，一般習以為常地以為就是「開胃小點」，往往忘了這個字原意是「長沙發」。
2 法國逾百餘年歷史的頂級水晶品牌。
3 摘錄自「窮苦人的眼睛」，《巴黎的憂鬱》，亞丁譯，2006年。

錫蘭茶沙龍，起初是讓人對山茶花葉的咖啡因上癮的地方，但隨著時代、觀念和所有權轉移而變遷。現任業主從愛爾蘭科克郡（County Cork）的印度教修道院逃離，曾經擔任都柏林「塞爾特的微光」的唱片DJ，不僅帶進塞爾特的薄霧氤氳和神秘氣息，還引進了藥草茶和花草茶，肯定要試試——茶品每天不同，且具有改變心情的神奇功效。有面牆的書架及雜誌架上陳列著多種語文的新世紀（New Age）文學，每週三晚上會安排演講、活動或邀請特別來賓，接著大規模的狂歡登場。如果你受得了這種狂放作樂（當它不過分狂妄其實還不壞），你會在這裡遇到許多新世紀樂手，這類音樂帶給唱片行莫大的憂慮，波及爵士樂、熱門音樂、世界音樂，甚至古典樂，唯有在廣播節目「心靈空間」（Heart of Space）裡天體運行的催眠聲音得以倖免。至於茶品本身呢，這裡的花茶包（infusion）恰如其名，你會飽飲（infused）最後一滴甘露，漾著茶香離開——散發來自世界各地的花瓣香氣，直到下次大啖韃靼牛排之時。

錫蘭茶沙龍
The de Ceylan
夏洛特·科黛街[1] 20號

1 夏洛特·科黛（Charlotte Corday）：女刺客，刺殺法國大革命中雅各賓派領袖馬哈（Marat）。

彼得洛希卡的苦惱
Aux Déboires de Petrouchka
黃水仙路48號

在這裡你可以吃俄式下酒菜拼盤（zakuska）佐伏特加（粉紅、黃、白均可），就像史特拉汶斯基（Stravinsky）經常做的那樣，並一面聆聽令靈魂激盪、令你的芭蕾舞鞋跳動的音樂。

*123：關於風格的註記：把色彩帶進巴黎時尚的就是俄羅斯舞團，卡爾·拉格斐如是說。在此之前女人只穿黑色、白色、淡藍、淡灰和粉紅，直到他們的音樂、舞蹈、布景、服裝和優雅姿態在巴黎掀起旋風。

1 巴蘭欽（Balanchine）：俄國芭蕾大師。

彼得洛希卡確實在這裡牛飲，他的客人也一樣，而招呼他們的是失業的芭蕾舞者，她們優美的外八字腳和腰身使得服務格外賞心悅目。這是個芭蕾酒吧，有一面牆真的裝了幾樁練芭蕾的扶手，好讓女侍們在供餐和收小費的空檔用以打發時間。

Déboire意指難聞的餘味，亦可比喻苦惱或失望，因此顧客在苦惱之前或之後上門，用餐或享受晚間的餘興節目。請記得，這間餐館為紀念彼得洛希卡而命名，這個充滿人性的木偶，在史特拉汶斯基編曲、佛金（Fokine）編舞的芭蕾劇裡有了生命，卻愛上神氣的情人，受盡羞辱委屈。難怪我們會為他哭泣，替他感到懼怕，在心情低落時同情他的遭遇。因此，有些人來這裡慶功，有些人則為了澆愁，但不論是誰，當他們在這裡說笑作樂時，總有些什麼起了變化。有個角落專門留給追求清醒的人：幾場牌局正打得如火如荼，背景掛著一張巨幅照片——史特拉汶斯基和巴蘭欽[1]攜手創作的舞碼《紙牌遊戲》——Jeu de Cartes，他們最迷人、最現代的一齣芭蕾舞劇。

這間夜總會／酒吧也是紀念碑，以獨樹一格的方式向迪阿吉列夫（Diaghilev）和他的俄羅斯舞團（Ballets Russes）致敬*123，店內華麗的色彩和精緻的裝潢，令人憶起他們震撼社會的首度演出。

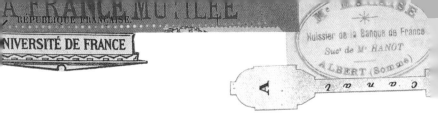

服務篇 · SERVICES

我想知道，他的領土內是否依然存在著瓦勒希曾向我描述過的一種怪異公司行號。該種代理商會收取未蓋郵戳的信件，前往客戶指定的任何地點投寄，將它寄到信封上的地址——一種讓客戶能夠假裝旅行到遠東（比方說，進行某種神秘的歷險），卻無需從這遙遠的西方移動半吋的服務。

———路易·亞拉岡

你是否對旅伴感到惱火，對每天從一睜眼起就要對行程每一站做出妥協而感到憤怒？你是否渴望單獨出遊，不管從事的是低俗或高雅的活動？你是否太客氣、太懦弱、太假惺惺而不敢說出口，只能自求多福？綁架公司能夠火速拯救你，把你錯放到他處，保證計畫縝密周詳。旺季期間該公司生意繁忙，因此那些不善於自欺欺人的旅人，會在令人寢食難安的出遊週來臨之前，事先把一切安排妥當。

人各有所好之人
Chacun a son goûter[1]

由美食暨飲食協會（美食但非賞味博物館分支）的合格會員所提供的試吃服務。只要付一點費用，他們會安排會員先行試飲或試吃，免得你遭人故意下毒，或意外中毒，而死得不得其時、死得難看。專攻砒霜、氰化物和日常食物中毒——對韃靼牛排或馬肉排特別在行。這些美食家有一定的政治立場和意識型態，所以別期望他們在達達咖啡館待命。你必須自備餐具櫃。

---

[1] 法文Chacun a son goût意為：每人品味不同，各有所好。此處作者把goût（品味、愛好）一字改為goûteur（試吃員），整句意思變成：每人各有偏愛的試吃員。

綁架公司
Le Service Kidnapping
詐欺街158號

快把我從朋友堆裡解救出去。
　　　　——伏爾泰

先行試喫服務
Le Service Pré-goûter
獨特路10號

每位顧客皆有專屬試吃員，這未必屬實，但假使你真屬意某位試吃員，你可以再度委派他／她，並期待他／她還活著。

先行試喫公司於一五○三年成立於義大利，那一年博吉亞家族（Borgias）犯下惡名昭彰的罪行，毒殺了威尼斯的裴凡尼・米歇爾樞機主教（Cardinal Giovanni Michiel of Venice）。

法國郵政系統
The French Postal System
斷聯郵局枕木橋分局

失聯的情境句：

* Avez-vous une échelle ainsi je pourrai atteindre votre employé de la poste aérienne qui est suspend-du plafond?
  請問有沒有梯子能讓我跟吊在天花板上負責航空信件的職員接洽？

* Je souhaite envoyer ceci à mon cousin à Zurich. Ce n'est pas une lettre — c'est juste un papier déchiré dans le style Jean Arp. Est-ce le même prix ?
  我想將這個寄給在蘇黎世的表親。這不是一封信，而是阿爾普風格的碎紙片。請問郵資一樣嗎？

旅人和居民已經對法國郵政機構的粗魯無禮感到習以為常，雖然臉皮不夠厚的遊客在辦完簡單的業務後，可能會抽噎地哭著找地方喝幾杯茴香酒或黑醋栗酒。位於超現實書店「枕木橋」正對面的斷聯郵局，有其特殊的幫倒忙服務。從這間郵局寄出去的信，只送到超現實主義者的世界地圖上顯示的國家和城市，郵局裡的員工全被吊在天花板上，以嘲弄航空郵運及超現實主義者的天國地圖。因此，從法國西海岸的拉洛歇爾（La Rochelle）小鎮遠道而來，孝順地寄了「仕女與獨角獸」明信片回家給媽媽的女孩運氣實在很背，因為這家郵局的郵件遞送絕無意外，法國除了巴黎其餘均不存在（請參見右圖：巴黎人眼中的歐洲），這使得她媽媽居住的地方沒入海裡──法國其餘地方全被吞沒。這家當地居民和文人口中的「枕木郵局」很受熱帶島嶼來的人歡迎。此外，狂熱的製圖師，以及在地圖上找不到自己國家，所以在太平洋群島認了親戚，好讓自己有機會寄明信片的人，更是不容錯過。對美國人來說，移居國外的情況已經終止，讓人大大鬆了口氣。如今鐵幕已落，近年來俄國爸爸們收到一疊疊原本該送達失聯世界裡的母親們手中的信。很多爸爸把這些信賣給俄

國幫派分子，換得冬宮門票以欣賞法國印象派畫作。

字彙：

par hasard：碰巧

exprès（刻意）的反義詞

（參見頁80）

向超現實主義者的世界地圖（細部圖）致歉。（譯註：1929年，超現實主義者在比利時的《Variétés》期刊上登了一幅〈超現實主義者年代的世界地圖〉Le Monde au temps des surréalistes）。這幅「巴黎人眼中的歐洲」即是拿〈超現實主義者年代的世界地圖〉開了玩笑，所以才向超現實主義者的世界地圖致歉。

壓驚局
Bureau des
Bouleversements
惡夢交會口4號

字彙：
bouleversé：驚慌、嚇呆。
（一旦你熟悉這個字，處處
派得上用場。）

二十四小時多國語言天氣預
報，請撥打電話向飯店櫃臺
或市府的壓驚局洽詢。若向
後者詢問，請耐心等候，該
局會在二十四小時內回覆。

▼

自從市長「狂人皮耶洛」[1]入主巴黎市政廳後，觀光客得到了更和善的對待，雖然市政大體上仍變化難料。今兒濫權瀆職，惡行惡狀，明兒卻又勤政愛民，一派溫文儒雅。官僚體系的某些利基仍舊被掏空，但偶爾會填之以同理心。其中最迫切需要、又最散漫無章的，就屬危機中心這專門為被條條通衢大道嚇到（bouleversé）的遊客而設的單位。當你舒舒服服坐著，地圖攤在腿上的時候，這單位聽來也許多餘，不過一旦你要穿越六條或八條大道的交會口，尤其是打算前往某處，或趕赴和美麗女子的火熱約會時，你也許會改變想法。等你從至少一輛雷諾或寶獅的車輪下死裡逃生，很可能已經迷失方向，也想不起要上哪去了。

天候惡劣的日子，該中心人員可能會偷懶，再次把你丟進車陣裡，讓你暈頭轉向。不過精神受創者只要配合該中心的特定方針，遵循該行政區的警語，信任流動率高的員工（大部分是受訓當計程車駕駛人）的能耐，通常會鎮定下來，找到方向。這裡也是遇見同路人並交換旅遊路線的好地方——有時事情真會如字面上這樣發生。

1 狂人皮耶洛（Pierrot le Fou）：高達（Jean-Luc Godard）1965年同名電影的人物。

這些洗衣店和雨果那年代的洗衣房（blanchisserie）天差地遠！今天，它們讓許多街角變得明亮，透過全自助形式和夜間營業，賺進一袋袋銅板。古早以前，以洗衣為業的女孩不兼差賣春幾乎無法溫飽，假使妳頗具姿色，腳踝誘人，或頸子雪白如凝脂，就走運了。很多巴黎人和遊客，把一袋袋髒衣物送到四處可見的自助洗衣店，其實它們也提供到府取件、送件的服務。你不妨帶著相機，到盧瓦公園（Square Louvois）那家頗上鏡頭的薛魯畢尼洗衣店（Chérubini），不過若是想好好享受洗衣之樂，還是把髒衣物帶到距你巴黎地址最近的自助洗衣店吧。位於王子先生街（rue Monsieur-le-Prince）的柔麗絲（Julice）是營運良好又合理公道的楷模。你把衣物倒進挑選的機器裡，將硬幣投入中央表板。付完錢，按下你那臺美諾牌（Miele）洗衣機的數字鍵，啟動一小時慢悠悠的洗衣循環。你有時間逛逛附近的莫尼托（Moniteur）書店和各類出版品的展示屋，或是快步走到鄰近的景點，柔麗絲離盧森堡花園、索邦廣場周圍的咖啡館及奧迪翁劇院（l'Odéon）的軟石臺階都不遠。

假使你追求的是其他快感，不惜丟失襪子，你絕不能錯過招牌上寫著古斯拉夫文的La Slaverie洗衣店及它的恐怖俄國肥皂[1]，也別錯過

自助洗衣店
Laveries

很多自助洗衣店設有乾洗機器，機器上明白標示嚴禁清洗小地毯、窗簾、沙發墊和寵物，所以聰明的話，最好在自家浴室洗你的拉布拉多和豹貓。

Le Moniteur
Julice

---

1 暗指史達林。

王爾德穿越巴黎街道漫步回家。走在藝術橋上時，他駐足凝望下方流過的碧水，看得入迷。驀然間他發現身旁有位穿得寒酸的人，同樣望著河水。

「嘿，可憐的老兄，你絕望嗎？」「不，先生，我是美髮師。(Non, monsieur, je suis coiffeur. / No, sir, I'm a hair-dresser.)」[3]

——艾爾曼
Richard Ellmann

寶塔戲院（參見夜生活及娛樂篇）附設的濃濃中國風洗衣店，你可以一面等短褲（shorts）洗乾淨，一面觀賞持續放映的短片（shorts）。順道一提，在La Slaverie，唯有機器是你的奴隸，就像建構主義者在他們的夢想尚未受史達林影響前所期望的那樣[2]。

寶塔戲院日本廳

註記：日本廳的天花板上有很多浪濤狀漆彩，繪出一個撐傘的男人，戲院經理就是從這裡想到附設洗衣店的點子。

2 建構主義乃史達林極權主義的根本之一，史達林為進行社會改造的政治大整肅，使得百萬人死於非命，這遠非建構主義的初衷。

3 此為英、法文之際的文字遊戲。法文的coiffeur翻成英文是hairdresser，打理（dress）頭髮的人，不會打理自己的衣著（poorly dressed是穿得寒酸，也可以是穿衣品味不佳——而王爾德向以品味高尚自許）。

小地獄
Le Petit Enfer
紅天使街12號

另一區一個等而下之的地方——紅天使街12號——有家小地獄洗衣店，二十四小時不打烊。烘乾機有著惡魔的嘴臉，能在三分鐘內燒光枕頭套、床單、毛巾、毯子的水分。但洗衣機的運轉很耗時間，所以業者好心地提供給倒霉的顧客幾樣消遣。兌幣機就是一臺吃角子老虎機：按下「et voilà（就這樣啦）」按鈕——馬上開賭！其中一個角落持續著永無止境的撲克牌局，是否脫下衣服由你自行斟酌，那些牌友通常也衣衫不整，

他們的底褲、汗衫、襯衫、褲子正與洗衣精及柔
軟精進入滌罪階段。那一副副紙牌與眾不同——
中世紀木雕，刻著骷髏和跳死亡之舞的人，半裸
至全裸都有——可以在丹費爾羅什魯廣場 (place
Denfert Rochereau)[1] 的地下墓塚 (Catacombs)
旁的「地獄一季」[2] 商店買到，或在巴黎各市立公
墓的紀念品店／貨攤購得。後者不容易找到，或
難以發覺，因為它們散布在陵墓之間簡直難以
辨識。

1 原名地獄廣場 (Place d'Enfer)。Denfert與d'Enfer發音完全
  相同。巴黎著名的地下墓塚始於十八世紀末，為了解決墓地
  嚴重不足與首都惡劣的衛生環境問題，開始將公墓裡的屍骨
  遷至廢置的地下採石場，埋身該藏骨所的骨骸多至六百萬
  副，在死亡面前王公貴族平民百姓一律平等無所區分。
2 地獄一季 (Une Saison en Enfer)：法國詩人韓波 (Arthur
  Rimbaud) 的詩集名。

這種店唯有在巴黎才找得到，因為她有被
捧到巨星地位的哲學家和認識論香菸。一般的做
法是找家合適的咖啡館，一坐下就開始神遊。另
有英文解說服務，就像這裡也有一些東方哲人，
他們會觀察你的吐納和心靈狀態。一般人——
尋常百姓 (Jacques Tacques) ——拿手的包括：
拉岡學派、柏格森學派、佛洛伊德與道家、阿羅
賓多學派[1]、奧勃洛莫夫派[2]、大胖子偵探哲學[3]、
薩提哲學[4]（參見景點篇，教堂部分）、德希達達

哲學時光
Philosophe à
L'Heure
卡司徒街58號

我的聲音即你的聲音，而你
認得我的意志。但你渴望
我！觀念！

——瓦勒希

1 阿羅賓多 (Sri Aurobindo Ghose) 或意譯為「旭蓮大師」，北印度的政治人物、哲學家、詩人。

2 奧勃洛莫夫 (Oblomov) 舊俄國作家岡察洛夫 (Goncharov Ivan Alexandr-ovich) 的小說主人翁，其一生象徵十九世紀中葉舊俄貴族之沒落。

3 大胖子偵探 (Pat'apoufian) 漫畫人物。

4 薩提 (Erik Satie, 1866-1925) 法國作曲家。

5 帕搭學 ('Pataphysics) 一種荒誕玄學，對形上學 (metaphysics) 的譏諷與超越，可謂形上學的形上學，凸顯對生存狀態的批判和顛覆。

派 (Derridada)、帕搭學[5]、存在主義學、煉金術（這項包括：花一萬五千法郎，話題即可岔入哥德教堂的秘密，或是花一千五百法郎參加瑪黑區屋宅大門煉金符號導覽，大門博物館可沒有這項導覽。別以為你可以從那裡獲得）、正宗的虛無主義及由此衍生的眾多駁雜學派。大多數的咖啡館不歡迎《愚比王》一劇的演員，所以若想浸淫在他們多采多姿的語言裡，切記另行安排。

美食傳真[1]
Le Fax Food
無名大使街55號

這是一家專門傳真盒裝熟食及甜鹹小點的熟食店，如果在下列的服務項目登記，他們也會傳真分量更飽足的餐點。比方說，在赫爾辛基、京都或溫哥華的顧客，可以收到書面的奶油可頌（完全符合胡伯的奶油可頌定律，就連輕拉兩端的螯所產生的細膩手感也十分到位，參見頁84），並在你胃口被挑起時轉成實物。傳真遵循它本身的法則，亦即講求速度，通常是即刻發生，由於這些品項總被描述得活色生香令人垂涎，所以化為食物的速度更加快速，唯有病入膏肓的厭食症者能久久按耐住食慾。如果你的電腦附有傳真功能，可以馬上列印出來，或直接利用安裝在螢幕側邊的烹調裝置（這項裝置僅在美

食傳真販售），把傳真內容轉為實體。

美食傳真具有出色的烹飪語彙能力，能把他國的菜餚（如：德國、英國，舉兩個料理口碑很差的例子），轉化為精緻的法國料理。以條頓料理為例，德勒斯登燉兔肉（Hasenpfeffer）在美食傳真走趟奇異旅程後，變成了有如吉爾之兔[2]的快活兔子。小牛腿肉（Kalbshaxe），聽起來像用斧頭吃腳蹄似的，在這邊則轉化為更誘人的傳統法式白醬燉小牛肉（blanquette de veau）。別搞錯，不是更加誘人的小牛板凳（banquette de veau）喔，雖然地方上的熟食店和傢俱工廠令人激賞地聯手舉辦特展時，這家店入選「美食但非賞味博物館」的特色收藏。傳聞文化部的專款被傳真到這家店裡，直接進了店家銀行帳戶──也就是說，政府官員、博物館館長和美食傳真業主間進行著見不得人的勾當。這一干人無不想方設法延長餐桌邊的愉悅，連在辦公室內也不例外。一旦縱情吃喝的人被逮到在上班時間圍著餐巾抱著機器又舔又吮，可能會演變為國際醜聞。

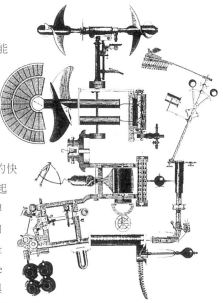

上圖：推進器差動系統，
電力由蛙腿的神經電流提供。

1 與Fast Food諧音，亦大開速食的玩笑。
2 吉爾之兔（lapin à Gilles）：諷刺畫家吉爾（Andre Gilles）
　於1875年畫了兔子拿著酒瓶從平底鍋躍出的圖畫，題名Un
　Lapin à Gilles，吉爾之兔。此畫成為蒙馬特著名酒館「狡兔」
　的招牌。

女廁
Toilettes pour les femmes

女廁設施可由這便利的
普世標誌輕易辨認出來

盧森堡公園裡廁所的外頭標
示歡喜地宣告「Les toilettes
sont ouvertes，開放使用」，
上這裡的廁所向來是愉快的
經驗。這裡的女服務員頭髮
梳得貼貼整潔，舉手投足篤
定自若，讓妳感到深受歡迎，
彷彿是來喝茶的。她把小巧
的設備打理得潔淨光亮，擦
手巾是妳如果開了家餐廳，
就會大量買進的那種。

當我們有些人蹲在蹲式馬桶上方，小心地別
讓尿液沾上絲襪、內褲、腳踝或短襪時，嬌縱的
奢侈享樂者可是方便得很有格調。這些高檔廁所
模仿山區木屋別墅或舊時的公廁，很多設在花團
錦簇的廣場裡，等著貴客使用，對她們來說，如
廁是一趟愜意的郊遊，好比白天在茶沙龍的浪漫
邂逅。

這裡播放的音樂往往是波旁王朝宮廷或威
廉·克利斯帝的「繁聖藝術古樂團」[1] 天籟般的樂
音，裝飾的靈感則得自楓丹白露畫派——大量邱
比特和人類的裸露肉體，充滿驕奢淫逸之氣。廁
紙每天更換，散發香草、茉莉、玫瑰、柑橘等各種
香味。妳不禁開始想像，如果沒去有著果仁糖、
萊姆、牛軋糖、巧克力等各種口味的冰淇淋店，
妳也許花八十五法郎晃進這極盡奢華的地方。
若沒有大排長龍（很多女人吃生蠔時喝太多香檳
或梭甸白酒），妳會在這裡消磨時間，欣賞自己
的大腿曲線，想想接下來的行程。這豪華廁所是
造出蕾卡蜜耶[2] 地鐵站那幫人士的另個創舉，其
營收則用於購買筆記本、速描本、筆、畫筆，捐贈
給破舊中小學裡語文能力落後（linguistically）
且吃不到螯蝦的（langoustically）學生。

其餘的我們——這些對克呂尼咖啡館的法
郎小費或投幣廁所感到憤慨的人——也許會注
意關於一般廁所的使用須知。假使進到廁所間
發覺很暗，你要做的不外乎摸索門鎖，轉動曲
柄的同時燈會亮起，你也獲得隱私。結束如此精

細的操作後，若熱風往手猛吹的情況非你所願，不妨攜帶廁紙趨近洗手檯。就算是外觀高雅的小酒館，樓下也可能設有蹲式馬桶，冷不防地攻你不備，所以如廁時記得把裙子撩高，如果穿絲襪，那麼祝妳好運。不論如何，一進到廁所間絲襪都是多餘的，就如妳上次等廁所或在地鐵車廂裡（此處談的是冬天）發覺的，妳早該把它們脫掉。羅浮餐廳裡的廁所很棒，妳上任何一家豪華餐廳，儘管在點餐前大方借用廁所。奇怪的事情持續在波埠（Beaubourg）地區的廁所發生——妳可能會遇見窺淫狂以最原始的方式打量妳的腿。

「淡紫的天空裡，瀰漫著大火燃燒似的光亮：無數的腳步聲，聽來有如洪水奔流；人群黑壓壓，紙爐般烏黑中略帶著紅；女人們臉上帶著幾分陶醉，很多在洗手間外排隊，她們的膀胱因興奮而滿漲；協和廣場有如白光的化身，廣場中央的方尖碑彷彿冰凍的香檳散發著玫瑰色光澤；艾菲爾鐵塔看起來像是消失的一代——男人高十腕尺的一代——遺留在世的烽火臺。」

——龔古爾兄弟
Edmond and Jules
de Goncourt

1 繁聖藝術古樂團（Les Arts Florissants）是一個來自法國的包括許多歌手和音樂家的巴洛克樂團，由威廉‧克利斯帝（William Christie）於1979年組建，總部設在法國。

2 蕾卡蜜耶（Juliette Récamier，1777-1849）：以美貌和美德著稱，其主持的沙龍吸引了十九世紀初巴黎政壇和文壇的重要人物。

Mauvaise position

FRANCE PANORAMIQUE

景點篇 · SIGHTS

在這濕冷迷濛的春晨，巴黎飄著淡淡的味道：
洋茴香、濕木屑、熱麵包糰；
我越過聖米歇爾橋，
醒腦的鋼青色河水教我心底發寒……
巨型石怪覓嘴似的黃褐教堂透著一股陰沉。

——路喬伊

「那個！在那邊！！瞧！！！！萬神殿！！！！」

「那不是萬神殿，」查爾斯道，「是傷兵醫院。」

「噢，繼續說呀，」嘉布利耶喊道，「那不是萬神殿？」

「不，是傷兵醫院。」查爾斯答。

「你確定嗎，」他問他，「你真那麼有把握？」

查爾斯沒答話。

「你憑什麼這般肯定？」嘉布利耶不死心。

「我想到了，」查爾斯於是大吼，「那邊那棟不是傷兵醫院，是聖心堂（Sacré-Coeur）。」

「我看，你呀，」嘉布利耶愉快地說：「該不會碰巧是聖牛（sacred cow）[1] 吧？」

——葛諾
Raymond Queneau

萬神殿，不，是傷兵醫院……
The Panthéon, no, the Invalides

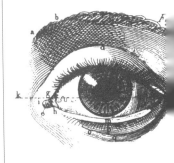

1 意指神聖不可侵犯，批評不得的人事物。此處也取聖心堂法文諧音打趣。

　　聖賈克塔和巴爾札克的帕西（Passy）故居有何共通之處？——屠夫。他們不是同一個屠夫，相隔幾世紀之遙，但都是血腥的同業，曾經坐落於此的十六世紀教堂全名正是聖賈克屠夫教堂（Saint-Jacques-de-la-Boucherie）。如果你真對屠夫有興趣，蘭布登（rue Rambuteau）街上有家很棒的肉販。桑德拉爾（Blaise Cendrars）的一部小說裡有個屠夫跳芭蕾的橋段，提起的原因是那些屠夫大打出手時的酒吧——沒錯！——就是軀

聖賈克塔

巴爾札克故居

巴黎的聖賈克塔
像一株向日葵
搖搖晃晃
眉額微微撞上
塞納河面，
影子舒服地滑落在
拖船之中。

        ——布賀東

鼠窩酒吧。它和郊區快線旁的連鎖旅館無關（市郊的毒品交易和幫派活動猖狂，電話亭經常是非法活動進行的場所，所以你待在郊區時，可能要隨身攜帶屠刀以防萬一）。

「才不過三點鐘整，鼬鼠窩幾乎還沒開門做生意，人已經擠不進去，一如每個晚上，那裡聚集了屠夫、市民、司機、車伕、吹牛大王、酒鬼還有不少年輕小伙子和蠢蛋……我喝完一杯，又一杯、第三杯、第四杯，自顧自地發笑，耐心等待，打量每個人的臉，盡情享受，因為在鼬鼠窩，總有人大吵大鬧，時時刻刻上演我愛看的那種吵嘴、說笑、拳腳相向……啪一聲，你這隻老豬玀，瞬間扭打成一圈，你會覺得群眾也在等這一刻，接著便跳到彼此身上互毆，不拆了對方骨頭不罷休……有個怪人把漿過的餐巾浸到醬汁和美奶滋裡，然後把那一大把餐巾扔向互毆的人群。好個大混仗！瞧那一幫屠夫，拿替老闆出氣當藉口，橫衝直撞地占據吧檯，實際上卻開始洗劫物品，從身後天花板吊鉤上取下臘腸，往彼此的腦門捶打，有如潘趣人偶戲[1]，他們的廚帽和白廚袍全沾滿了屠宰場的血污，你會以為這是場慘不忍睹的婚宴。」

        ——桑德拉爾

---

1 潘趣和茱蒂（Punch and Judy）：英國著名的傳統木偶戲，男主角叫潘趣。

接著來談談文雅點的事：巴爾札克的女性身分。在他的鳳梨農場和印刷事業毀了之後，為了躲避債主，巴爾札克隱居在帕西的一間迷人的樓房（屋主是一名屠夫），他以他的女管家布格諾夫人的名字當化名。友人來探望時，必須用化名稱呼他，而且一定要女裝打扮，並冠上合適的女性名字──喬治桑則不受此限，如何自稱和穿著隨她高興，不過這太令她困惑[2]，所以很少登門造訪。一九八五年，時尚與服飾美術館（Le Musée de la Mode et du Costume）舉辦一項以喬裝為主題的特展──是該館歷年參訪人次最多的展出之一。特展開幕當天請來「蒙蒂蟒蛇」[3] 團員到場助陣，讓主要來賓大吃一驚，該團費盡思量才決定哪些女性團員得以前來，不過，當然啦，從倫敦某洗衣店發跡，越過英倫海峽，跟沙特對談哲學要義的那對搭檔，連袂出席了變裝晚會。

你一定要去巴爾札克故居，黑努阿爾（Raynouard）街47號瞧瞧，到幽靜的帕西去踏青，那兒從前是個小村莊（事實上巴爾札克當時要搭一程渡輪才到得了巴黎），如今是個優美的街區。不僅為了憑弔布格諾夫人幾乎以森林為伴的生活，看看《人間戲劇》[4] 的人物表、巴爾札克最愛的咖啡壺，還要觸摸天空和建築物，因為地鐵行駛至此突然躍升地面，在大道上方向西飄移。

2 喬治桑素以女性著男裝著稱。

3 蒙蒂蟒蛇（Monty Python）：英國著名喜劇表演團體，一九七〇年代在英國BBC電視臺製作喜劇影集，風格辛辣，百無禁忌。

4 《人間戲劇》（La Comédie humaine）是巴爾扎克畢生心血所投注，規模宏大，四十餘部僅存殘稿，已完成九十餘部包含短、中、長篇小說與隨筆論述，人物交織重疊，一般認為取義於但丁神曲（Divine Comedy），而志在以寫實手法描繪法國社會眾生百態。

「睜大你們的眼睛，呆瓜們。」佛德・巴蘭諾維奇
說。「在你右手邊，你會看見奧賽美術館，它非常
有──意──思，就建築上來說，可以彌補聖禮拜
堂（Sainte-Chapelle）的不足，如果我們太晚抵
達⋯⋯」
「聖禮拜堂，」他們念念有詞。「聖禮拜堂。」
「沒錯，沒錯。」他友善地說。「聖禮拜堂（沉默）
（比手勢）是哥德藝術的瑰寶（比手勢）（沉默）。」
「別又開始鬼扯。」莎西酸了他一句。
「繼續，繼續。」遊客喊道，淹沒了那小鬼的聲音。
「我們想聽，我們想聽。」他們又熱切地說道。

　　　　　　　　　　　　　　　　　──葛諾
　　　　　　　　　　　　　　　　Raymond Queneau

蝙蝠公園
Parc Chauve-Souris

*Venez-vous souvent à ce
noctambuparc? Est-ce
que les chauves-souris
reçoivent leurs piqûres de
rage annuelle ?
你常到這夜間公園來嗎？
蝙蝠有沒有每年接受狂犬
病疫苗施打？

　　　這裡從前是蒙蘇喜公園（Parc Montsouris），
直到德蘭斯瓦尼亞（羅馬尼亞的一省）枯萎病
襲擊這座山丘和所有葉叢，留下不堪的光禿景
象。自此這地方放眼只見粗礪石穴和潺潺小溪，
而今則成了蝙蝠的棲息地，蝙蝠無疑因為這
新名稱感到受寵若驚。和其它的巴黎市立公園
不同，蝙蝠公園在日落時分開放，直到破曉。如
果你知道souris的意思是老鼠，chauve-souris
直譯就是赤條條的老鼠，亦即法國人所謂的蝙
蝠，你會對這裡有多一分了解。幾位羅馬尼亞人

在靠近羅馬尼亞大使館的波多內大道（avenue de la Bourdonnais）和 聖道明街（rue Saint Dominique）交叉口（就在艾菲爾鐵塔腳下）開了家好餐廳，又敏捷地進駐這裡（獲得了地面的營業權），開了另一家館子，供應羅馬尼亞香料山羊乳酪、以巴爾幹半島產的時蔬做成的羅馬尼亞燉菜，以及舊時大夏*63 的特色風味菜。香料山羊乳酪通常需要用上一整球大蒜，但是大廚考慮到最直白的流言耳語，不得不把用量降低，因為大蒜嚇走了蝙蝠，也趕走了希望能遇見德古拉伯爵和那幫有獠牙的同類的遊客。

*63：Dacia是羅馬尼亞的古名。

灰襯著灰，雕像在依然黑濛濛的公園裡暗自發光。長長的花壇裡，單株花朵這兒那兒挺立著，用驚怕的聲音說：「紅」。

——里爾克

這公園的名稱源自電影《安達魯之犬》[1] 的片名，其中犬字改成木即是，chêne在法文裡意指橡樹。這個髒亂的地方種有從安達魯西亞來的橡樹，經常爬滿蒼蠅。某些時段這裡並不安全，但這些時段並不固定，所以你最好帶著你的狼或保鑣，或找個可敬的市民伴著你那嫵媚的軀體，雖然當今來這裡的可敬市民並不多。

安達魯之木公園
Les Chênes Andalous

---

1 《安達魯之犬》（*Le Chien Andalou*）：布紐爾（Luis Buñuel）與達利（Salvador Dali）合作拍成的超現實主義電影。

埃及信託
Crédit Egyptien
巨駝大道104號

幫助你應付複雜的自動櫃員機的幾則翻譯。適用於所有提款卡：

假使你需要找個地方歇腳喘息（find relief）——順便欣賞一下浮雕（bas-relief），埃及信託的大廳是不錯的選擇。它和路克索車站（Gare Luxor）位在大道同一側，而後者有時候是阿依達[1]即興遊行的起點。

室內牆壁上的浮雕刻著如馬拉、夏洛特·科黛、路易十八、黎希留樞機主教、龐巴度夫人、拿破崙和戴高樂之流的歷史人物，無不以埃及早期的雕塑風格來形塑，或者坐在王座上伴著沙漠奇獵犬；變換的書面文字提醒我們，連環漫畫這門藝術得遠溯自獅身人面像的年代。其中最吸睛的是一具貓咪木乃伊，保留了鬍鬚和永駐的凝視。該銀行宣稱，這裡是世上絕無僅有、也能同時看到貓咪木乃伊生前製作的老鼠木乃伊，還有老鼠木乃伊生前製作的密摩勒特乳酪（Mimolette）木乃伊的地方。這種乳酪質地原本就堅硬，硬到幾乎可以自行變成木乃伊——你可以在乳酪總匯店找到。

由於電信變革席捲全球，埃及信託也宣布其獨門創新作法：以象形文字顯示的自動櫃員系統。在這裡開戶後會收到一本多重語言字典，顯示每個象形按鈕及訊息對話框所代表的意義，讓你進行符號性操作時不會出錯。

吐鈔！

確認

今日日期

緊急！

您的大名？

是

這金子歸您所有

---

1 阿依達（Aïda）：威爾第的歌劇，故事場景就在古埃及。

如你所知，試吃員不到「掌上明爪」小館出任務。但假使你的狗吃得太豐盛而撐死在巴黎，或興奮得樂死在巴黎，你可以把牠葬在狗墓園，其坐落在鄰近塞納河畔的阿涅爾區（Asnières）。儘管普魯斯特筆下夏呂男爵（Baron de Charlus）的原型孟德斯鳩伯爵，形容自己是隻「穿長大衣的灰狗」，但他沒有葬在這裡；又儘管貓喜歡與狗保持距離，糊塗大探長克魯梭（Inspector Clouseau）的搭檔頑皮豹卻長眠於此。牠為了追回失竊的鑽石和貂皮大衣，奮勇跟竊賊打鬥，之後爪子上長了膿瘡一發不可收拾，因而喪命*327。喪禮感人肺腑、盛大隆重，冠蓋雲集，從時裝大師聖羅蘭到芭蕾大師紐瑞耶夫（Rudolf Nureyev）都在來賓之列。

Le Cimetière des Chiens

狗墓園

（每週二及假日公休）

*327：頑皮豹追的是貂皮大衣，克魯梭探長追鑽石。

狼有時候喜歡把骨灰灑在狼之谷（La Vallée aux Loups）¹，那裡的夏多布里昂（Château-briand）故居只在開放時間供人參觀，雖然它一度全天候對蕾卡蜜耶夫人開放。骨灰，骨灰，落下來，不是從艾菲爾鐵塔上。雖然艾菲爾鐵塔的腰身有幾處索費不貲的小窖，從那高度撒下摯友骨灰的費用是兩萬法郎，舉止不敬的哀悼者從冒犯死者的那刻起，五年內不得入境巴黎。

當代都會骨灰塔
Ashes in Today's Cosmopolis

1 狼之谷是夏多布里昂故居的別名，夏多布里昂於此完成四十二冊的自傳《墓外回憶錄》（Mémoires d'outre-tombe），骨灰的玩笑大約是來自於這部作品的墓塚意象。

死靈訣別書

看見那標示沒？上面寫著確保自己在此有一處長眠之地要付出的代價。這地方不只有土地，還有許多故事。那些我所見所聞的事！我才剛醒來，如果語無倫次還請見諒。我的關節漸漸散掉，以這身一百六十年歷史的骨骸而言，並不難想見。哦，我曾是一具多麼精美的屍首。記得我女兒曾說──她持家的能力沒我好（這缺陷顯然代代傳了下去，否則我怎麼會被撢出這裡：沒人打理我的墓碑、清理苔蘚，修剪越橘樹──以我的身分，種這種樹實在太傳統了。）我穿著晚禮服、戴紅寶石和我最愛的假髮、套著某位愛慕者在西西里王街買給我的西班牙皮鞋時，模樣好美啊。哎呀，我死的那一刻為何不是最美的時候呢，當時我在孚日廣場狂歡（我向來心臟不太好），以我這年紀的伯爵夫人來說，算是青春洋溢、活力十足的。伯爵夫人，沒錯，所以當然啦，我有僕人伺候，而且何時想邀邀都隨我高興。不過躺在墓地裡嘛，是另一回事。話說回來，不讓我盡情緬懷在這裡的點滴回憶，我是不會離開的。

你知道拉榭思神父墓園（Père Lachaise）是為了紀念路易十四的告解神父，這神父曾在這塊土地耕作過。我記得莫里哀（Molière）下葬於此，以增添點文學氣質，彷彿某個文學沙龍不久就會大放異彩。我們讓他獨處一陣，再次咀嚼他在《無病呻吟》這齣戲演出之際辭世的反諷況味。我來之後很多人陸陸續續抵達，不過沒有什麼比巴黎公社最後一百四十七名社員的死更令人不安了──他們在這裡遭到屠殺，屍首全被亂葬在

西南角。在他們的戶外演奏會和派對——「受壓迫者的慶祝會」——之後發生這種事，實在令人遺憾。他們被帶來這裡時我在睡夢中，但濃濃的血腥味使我醒來。然後奧斯曼男爵來了，一開始他不肯好好躺著當個受人敬重的屍體——而是試圖重新規畫墓園。結果我們只得坐在他身上，並且滾來許多岩塊鎮住，要他乖乖待在原地。夜裡常有動物造訪拉封丹[1]的墓——謠傳牠們從法國各地來此朝聖，有的遠自義大利。莎菈・貝恩哈特[2]因為習於人們的逢迎諂媚，非常嫉妒莫里森[3]的高人氣。她的憤怒震裂了自己的墓碑和墓塚，甚至搖醒了這一區的生者。難怪她活著時就睡在棺材裡。她確實獲得永恆的喝采。至於莫里森，我知道他是個不得其所的天使，注定不會在人世久留，而且他的死跟性、毒品和搖滾樂無關，純粹是天年已盡。從他的肩胛就看得出，他其實不是人類，他的骨骼結構包括了羽翼的部分，最後他展翅高飛。說到天使，祂們不滿盜墓者弄斷了蕭邦的天使手指，那位迷人的守墓天使。但在我閉嘴離開前，與諸位分享這最後的秘密吧：那是她自己啃斷的，每當巴黎城內有人把蕭邦的曲子彈得很糟糕，不管是節拍不對，音符彈錯或鋼琴走音，她就會恨恨然猛啃手指，就是受不了大師的樂曲讓人糟蹋。好了，該說的都說了，我要啟程了，當然是從死靈地鐵站離開——我要去茉莉旅館。我從地下電臺得知，一群有戀屍癖的可愛年輕人明天會抵達那裡，我剛從休眠狀態醒來，正想找點樂子呢。

——荷芙契伯爵夫人

---

1 拉封丹 (Jean de La Fontaine, 1621-1695)：法國詩人，以《拉封丹寓言》留名，內容多以動物喻人。

2 莎菈・貝恩哈特 (Sarah Bernhardt, 1844-1923)：法國女演員。

3 莫里森 (Jim Morrison, 1943-1971)：美國搖滾樂手，門樂團 (The Doors) 靈魂成員，27歲時猝死於巴黎。

木偶教堂
L'Eglise des
Marionettes

我曾想像巴黎宏大、輝煌又
精緻。但我極為失望。它看
起來荒涼、骯髒又陰沉。我
一口口抽著苦澀的菸，突然
看見某種變化掠過整座城
市。一層霧靄地掀開，空氣
慢慢變得清澈有勁。就連六
角形棕色杯子裡的黑咖啡，
也添了新的深度和諧媚的
豐沃。

——普羅寇許
Frederic Prokosch

我們把這教堂列入介紹，是因為稀奇，倒不
是有什麼可看之處。木偶教堂是全法國或甚至全
歐洲最隱密的聖地之一。我們從傳聞及一具被棄
於路上多嘴輕率又爛醉的木偶得知有這教堂存
在——一點也不假！這可憐的小傢伙看起來就像
顏料斑駁、身骨迸裂的一堆木桿子，衣裝也歪歪
斜斜的，我們帶他去一處靜謐的廣場，那裡的噴
泉使得他恢復生氣，我們對人的輕信不疑也在噴
濺水花的滋潤下死而復生。

木偶教堂一點也不宏偉（你不覺得它們也厭
膩了那籠子似的舞臺？）這全巴黎木偶人口敬拜
神的私密場所，偶爾會有整團外國觀光客穿梭
其間——多半是聒噪的義大利人和嬉鬧的都柏
林人。

彌撒、領聖餐、跪拜一概無聲且規模迷你
（我們如是聽說）。告解則是個複雜的過程，全
然透過唯有教民才懂的手語進行。我們的線民，
一位會說話的木偶後裔告訴我們，某個星期天早
晨，有位神父木偶突然失蹤或損壞，他們不得不
隨手抓個人手代替上場——結果找來了魁武的
牛頭人[1]。顯然，信天主教的木偶讓他們的主子和
操縱者從彌撒和告解中開溜，偶爾上小咖啡館大
吃一頓（bouffe）。

1 牛頭人（minotaur）：希臘神話裡牛頭人身的怪物。

會眾只有一人，這裡通常是薩提[1] 致信給友人、共事者或發感謝函的通訊地址。薩提也會寫信、註明地址並郵寄給自己，以記錄他生活中的重大事件。這教堂歷歷如繪，活靈活現，但沒有實體建築。它要求會眾使用特殊的紙箋、字跡甚至衣裝。指揮家耶穌藝都教堂持續存在於別具意義之處，也就是我們的想像裡，以緬懷其建造者指揮家薩提的笑容。

指揮家
耶穌藝都教堂
L'Eglise
Métropolitaine
d'Art de Jésus
Conducteur

1 薩提（Erik Satie，1866-1925）：法國作曲家，曾為自己修建了一座教堂，且極度重視隱私。

這間位於十四區的小教堂（只是小禮拜堂而已）定期提供教民望彌撒，也吸引了不尋常的一群適婚女孩和寂寞女子。眾所皆知，這裡的告解神父對於有意洗滌良心的強暴者決不寬貸，後者可能會發現自己被蒙住眼睛，置身在尤麗狄絲快車上（參見交通篇/公車）。聖賈桂琳不像聖潔涅薇芙幫助巴黎逃過匈奴入侵的劫數，也不像康瓦爾的聖坷隆芭（Cornwall's Saint Columba）——這位十五歲的女孩讓村民免遭猛熊侵襲。她之所以名留青史，在於有個非比尋常的小救星。這位天資聰穎且定了親的少女（兩家族沉浸在聯姻的喜悅裡，因為聯姻將促使大量的土地、溪流、豬隻、牛隻合併）有天在池塘裡沐浴，而那池塘與

火蜥蜴的聖賈桂琳
小教堂
Petite Eglise de
Sainte Jacquéline
du Salamandre
三艦長街38號

莫內數世紀後涉足的一模一樣，有位貴族正好路過，見狀立刻從馬背上躍下，硬將她拖出池塘。你可想見，就在他要對這白皙嬌美的處女強行不軌之際，赫見一隻火蜥蜴橫伏在他意欲長驅直入之處，會有多麼吃驚。他想盡辦法就是誘不開這守護玉女貞操的頑固怪物，幸好，鐵匠那天在磨他的匕首，當時他正在前去取刀的路上，年輕的賈桂琳得以保住貞潔。這小小奇蹟發生之後，有權主張賈桂琳婚事的人（地方教會高層和賈桂琳的雙親）決定，她應該進修道院，將她以如此創新方式守住的純潔獻給上主，榮耀祂的慈愛。

火蜥蜴則決定打破禁慾誓約，隨她進入修道院，牠的子嗣將在其短暫一生結束後繼續守護她。無可否認地，火蜥蜴遠在賈桂琳命中注定的那次沐浴前便深深為她傾倒，牠的祭壇由柳枝和當季花朵建造，並且擺上其他魯莽過客和沐浴者遺留在池塘畔的勳章和十字架。

巴黎市・失物招領
LOST AND FOUND / PERDU ET TROUVE

請填寫表格，詳細描述失物特徵

描述：一整個旅遊團。共約十六人，包括領隊在內，以及一位沒報名或沒繳費的走散者。團員大多數上了年紀，其中幾個戴著和衣服同色的藍色遮陽帽。我們全都穿著印有「我是新橋哨兵」字樣的T恤。領隊是個中年婦女（我偏好「熟女」這個說法），德國人，她大方承認她是意外被指派給我們的，因為她的英文實在不靈光。每當她找不到字眼表達時，就會拉高嗓門，這也是我訝異自己怎麼會跟團走散的原因。

遺失地點：慕夫達街（rue Mouffetard）上的烤布蕾店

遺失時間：今天，老天！我想趕快找回這些呆瓜，好讓我的錢花得值得，喔，也要找回我老公。

填寫人姓名及地址：辛吉・史波索斯特，卡琳頓旅館11號房

消失的癡漢
Le Violeur en Smoking

某些日子裡，關乎我們的一切都是明亮又輕盈……一切寬廣的——河流、橋梁、長街和闊氣的廣場——藏起了那份寬廣，且染上了色彩，有如在薄綢上著色。
　　　　　　　　——里爾克

魅影字典：
un revenant
幽靈：字面直譯為返回、再次露面
Histoire或conte de revenants
鬼故事
Ville de revenants
鬼城[1]

1 Ville de revenants字面上譯為八月的巴黎。八月巴黎人都度假去了，是故巴黎成為鬼城。

二十區的居民大體上守禮有節，這不只是因為很多都長眠於地下——拉榭思神父墓園就在這一區，一般而言清幽寧靜，除了一九八〇年那場詭異二重奏，起因於蕭邦和莫里森執意要進行一次音樂對話。在這一區裡時間彷彿懸止，且空氣是巴黎市最乾淨的，因此吸引許多醫院進駐，還有一條行人徒步街以作家利爾亞當（Villiers de l'Isle Adam）的姓氏命名。

在這片莊重寧祥中，有個習俗斷斷續續打破了平靜的表面，祖母們、媽媽們、少女們，甚至一些早熟的女孩，紛紛把胸花別在衣領、肩帶、胸口、外套翻領上，不論白天或夜裡，一年到頭，隨時隨刻，以懷念「消失的癡漢」或《國際先鋒論壇報》所指的「燕尾服癡漢」曾在此地留連的魅影。他犯行的地點不限於特定街巷或人行道，但最初是在嘆息拱廊街（Passage des Soupirs）作的案。他究竟是不是無害的花花公子，如胸花所暗示的那樣？畢竟這位衣冠楚楚騷擾者所做的，不過是跟暗巷裡的落單女子搭訕，強拉她們上舞廳跳舞罷了。事後他總會在受害者高聳的雙峰別上一朵胸花，並且吐口口水擦亮他那雙搶眼的鞋。所以，假如你從甘畢大廣場（place Gambetta）往上坡走，看見某人的裙子以四分之三拍嗖嗖揮動，或者注意到一對跳探戈的男女其中一人往後甩頭時對你眨眨眼，你就知道消失的魅影回來了——雖然他蹤影難尋，但深受愛戴。

這裡其實沒什麼情境好看的,除了你隨身帶進來的,或在戒備的目光下臨時形成的。館主羅里格先生的人生從第六帝國[1]某家哲學幼稚園起步,本來要當飲水機製造商的;他可不是只在幾個展覽室裡掛上他三度努力通過學士學位後蒐集來的老時鐘而已。館內的特價小冊子(約莫每年更新)很值得一買,裡頭記載了人們在欣賞手邊情境時的體驗。「哪一手?」你可能會如此自問,當目光逡巡在附近的一口老爺時鐘,起疑地盯著一只遺失的手套之際。

一如美食博物館,時鐘及情境博物館常常和其他博物館共同舉辦展覽。它曾提供場地給偵探小說博物館舉辦間接(circumstantial)證據特展(某些情況,時鐘不是停止了就是被設計去作怪),重建出福爾摩斯、克莉絲蒂(Agatha Christie)小說、馬格雷探長的辦案場景。克魯梭探長的場景很棘手,都怪頑皮豹無厘頭胡鬧,因此以多媒體的方式呈現,最後館方索性把某間展覽室改成小電影院,放映老電影的精彩片段集錦。

時鐘情境博物館
Musée des Horloges et Circonstances
巨駝大道5號

每一個展覽室都各有不同的氛圍。
莫內展覽室有河流的氣息。
看著雷諾瓦的水面,你會覺得掌心起泡,好似你搖槳搖了好一會兒。
席涅克(Paul Signac)首創黃澄澄的陽光。
導覽這些畫作的女子領著身後的文化工作者。
看著他們你不禁覺得,一塊磁鐵吸引了一隻鴨。
　　　　　——曼德爾斯坦
　　　　　Osip Mandelstam
　　　　　1891-1938
　　　　　俄國詩人

---

1 第六帝國(the Sixth Empire):十九世紀歐洲金融經濟界呼風喚雨的羅斯柴爾德(Rothschild)家族的外號,歐陸除了大英帝國、普魯士、法蘭西、奧匈帝國及俄國之外的第六大勢力,叱吒風雲二百年之久。

你必須花點時間才能通過博物館入口，方式有很多種。從街上你會看到有十二道門並排，從中挑一個不過是起頭而已，因為每道門後還有一系列的十二道門，你不見得要從頭到尾採同一路線。每過一道門都要說一則故事，在購買博物館目錄時多詢問即可（目錄收錄了進出每間展覽室所需的詩、神話、歷史、短篇故事和當代製作）。一九九一年安裝的電腦會記錄遊客人次並限制人數以免人潮過多。不過我們會引你離開主展覽室，那裡的展覽每幾個月就會更換，陳列當代藝術家作品，以及名人的屋門和無主的屋門。邊牆上有許多門通往書店禮品店、茶品沙龍*642和洗手間，這些門會對答錯和死心的人進一步提問；主陳列室的後牆有三道旋轉門，通往陀螺博物館。

大門博物館
Musée de la Porte
唐內瓦街48號

麗庫榭夫人搖了搖鈴，門應聲敞開，讓路給要去玩蹺蹺板、搖槳划湖、盪鞦韆的僕人。

——布賀東

*642：茶品沙龍是表演藝術「精靈敲敲門」演出的地方，戲碼是精靈們自己想出來的，從發送邀請函開始，發給該博物館從最喜愛的旅館選出的房間。賓客聚集後，精靈們二話不說立刻舉行降靈會，桌子開始轉動，再來是門把，接著精靈和活人靈魂交換樓所，直到永遠。

沒錯這名稱很怪,但後半句非得加上去不可,因為饞不擇食的人不斷前來,甚至咬食了好幾個守衛。這間漂亮小巧的博物館,即一般人所熟知的「饕餮博物館」,致力於發揚吃食的藝術。

法國人向來大方地承認,食物淋漓盡致地滲透到生活各層面,因此美食博物館經常與其他博物館聯手策展。光是派餅和肥鵝肝便數度成為特展的主題,譬如與裝飾藝術美術館聯合舉辦的以生絲派餅和坐墊派餅為主題的展覽,透過影片呈現這兩個遠親的典故。有個以婆婆麵為主題(根據奚孟農筆下的一個婆婆遭謀殺的恐怖奇案)的偵探小說展,則是和偵探小說博物館合作。當然,克莉絲蒂筆下的名探白羅先生(Hercule Poirot)也成了焗乳酪濃湯展覽室(salle des gratinées)的要角,因為「白羅」的發音近似法文poireau,也就是韭蔥。還有一系列以音樂為主題的派餅,包括「鵝媽媽派餅」,展出時背景裡播放著聖桑(Saint-Saëns)的代表作《鵝媽媽組曲》──這是和禮節電臺合作的展覽。

參觀這類展出難免教人胃口大開(假設你沒對婆婆麵玩味太久的話),因此各式各樣挑動味蕾的餐廳和品嚐屋遍布鄰近街區,你可以在這些館子裡吃到今日的創新菜、昔日屹立不搖的經典菜餚,和明日的當日特餐。

時間不多的遊客最感興趣的是前菜展覽室,

美食但非賞味博物館
Musée de Gastronomie mais pas Dégustation

安東尼·卡漢姆街456號[1]

地窖裡有個小型的蠟像美術館,裡頭陳列著有諸如薩瓦蘭(Brillat-Savarin)、大仲馬、卡漢姆、艾斯可菲耶(Escoffier)、費雪(MFK Fisher,法國人最近才認可她的教養和無懈可擊的文筆)以及拉伯雷和茱莉亞·柴爾德等鼎鼎有名的美食家蠟像。

1 安東尼·卡漢姆(Antonim Carême,1783-1833):烹飪藝術之父。

一九一一年的巴黎，來自亞維農的一位未婚媽媽產下第一個立體寶寶。在羅浮宮褐色建築物前的廣場，灰濛濛的典型巴黎天空下，她生下了孩子。這位母親高大而瘦骨嶙峋，大腿、骨盆和胸部的輪廓鋒利。她無聲地在灰黑的地上躺平。抱起孩子時，孩子僵硬而著白，不似大部分新生兒那樣嚎啕大哭、蠕動不安，她不知該怎麼抱這膚色黯淡的不成形身體。她邁步離開之際，覺得寶寶多稜角的身體竟輕易地和自己嵌合在一起，接著她感覺到寶寶伸展或瑟縮了一下，頓時寶寶身上再次遍布著稜稜角角。

——瑪雅·索內伯格
Maya Sonenberg
美國作家

入場費優惠。很多人喜歡在赴晚餐約會前順道來這裡逛逛，在正式大快朵頤前來點前戲。這也是該博物館的地點如此靠近各線地鐵的原因之一——3、5、6、8、10號地鐵均震顫地行經饕餮之徒的蠟像博物館附近——當初品味部部長可是仔細斟酌過馥香食舖[2]提報的各種巴黎飲食地圖後才選定地點，他也無疑因此打響了名聲。所以，記得在地鐵滿吉站（Mange，吃）下車。小心別下錯站到第五區的蒙吉站（Monge），不過要是你真下錯站，愛神樂淘淘餐館〈Les Délices d' Aphrodite〉的氣氛和菜色可大大撫慰你的身心——這裡的希臘菜簡直出凡入聖。

---

2 馥香食舖（Fauchon）：法國逾百年歷史的頂級食舖。

入館時，門票是壓在你手腕上的吻印，脣膏則視化妝品公司付多少廣告費宣傳該脣色而異。參觀脣與書博物館是個私密的體驗，除非你準備好把你的武裝留在寄衣間，否則別輕易前來，可能的話，陪著你的情婦或情郎來此走走。曼雷[1]設計的脣印一言不發地迎接你，這脣印是原始尺寸的五十倍大。

這博物館的永久館藏包括手工書、首版書、以嘴脣為主題或人物嘴脣格外誘人的畫作（別忘了對納魯的迷你版《雷畢夫人親吻灰狗》，以及大衛被埋沒的偉大作品《瀕臨戰爭的四個脣》眨眨眼）、跟閱讀或書有關的畫作（拉突爾‧Henri Fantin-Latour描繪姊妹們微傾著臉埋首書中的畫總帶給人一種悠閒的愉悅）、科特茲（André Kertesz）拍攝並收錄於攝影集《閱讀中》（*On Reading*）的照片、比利時超現實主義評論《裸脣》（*Les Lèvres Nues*）舊刊，以及許多作家嘴巴的照片和畫作。

從前的展出涵蓋了例如脣語、用脣閱讀的人以及書評等等主題，以及書店裡找得到以目錄形式保存的相關資料供你玩賞。由於書評從不閉嘴，他們被安置在各自的展覽室內，有些親自到場——這些人可能很令人厭煩。你也可以到博物館中庭的怡人咖啡館休息，嚐嚐他們的三槍塔[2]、皺葉菊苣佐豬拱嘴沙拉（皺葉菊苣是萵苣的一種，豬拱嘴也被風乾切細絲，所以你到頭來吃到的是捲曲的脣肉——分給貓王一小片，如果你

脣與書博物館
Musée des Lèvres et Livres
霧靄大道39號

脣之物語：

* J'aimerais acheter ce livre mais il y a une bouche qui le tient fermé.
  我想買這本書，可是有個嘴巴緊咬住它。

* Ah, tant mieux—il y a un dentiste à la demande à mon hôtel.
  喔，好極了，我的旅館有個牙醫隨傳隨到。

願意的話），以及端來時依然滾燙的烤布蕾。因
此，當剛獲得的美感經驗持續探讀你的心思，你
的唇也有東西可以吟味。

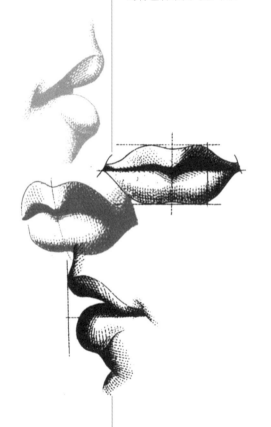

1 曼雷（Man Ray，1890-1976）：達達和超現實運動藝術家，
  創作媒介多元。
2 取自大仲馬小說《三個火槍手》或譯《三劍客》。

蒙帕納斯墓園的電影院

亨利·朗瓦
電影博物館
Musée du Cinéma
Henri Langlois

如果你到蒙帕納斯墓園（Montparnasse Cemetery），不妨在朗瓦（Henri Langlois）的墓前獻上一束賽璐璐花。他的墓是全巴黎最別具一格的墓之一，墓碑上貼滿了數十年來電影巨星的美麗照片。朗瓦創辦法國電影博物館，奉獻他的心血與錢包，隨後艾絲娜[1]加入他的行列，她背著納粹藏匿許多經典德國電影，最後總算將之帶到巴黎。讓我們看得目不轉睛的那雙骨碌碌眼睛，就是德國表現主義電影之一。《古靈》[2]是靈異導演瓦格納（Paul Wegener）在一九一四年拍攝的。片中，瓦格納從頭到腳罩上泥製外衣，親自扮演古靈一角，也就是那位布拉格猶太教士為了拯救受邪惡帝王迫害的猶太人所造出的泥巴人。該博物館的驚人收藏除了影片、戲服和重要資料，還包括一具放在玻璃匣內的泥人，這泥人保留了荷蘭男孩的髮型、龐大鼓凸的身軀和胸前的星星[*16]。

要搞清楚電影博物館古怪的開放時間，及其堅持遊客唯有導覽人員陪同始能四處走動的規定並不容易，不過比起一九八八至八九發生的事件，這只能算是小巫見大巫。在那期間，博物館職員開始零零星星地在城內各地的「無病呻吟」連鎖藥房現身裝病，並發動靈異罷工——起因就很靈異。他們全都宣稱古靈睜著骨碌碌的眼睛盯著他們，甚至把玩胸前的護身符——那個讓它活過來或者說橫衝直撞的東西。沒辭職的職員遭到解雇，不過接替者很快就嚇壞了。

*16：更進一步的細節在布拉格等著你！

1 艾絲娜（Lotte Eisner, 1896-1983）：電影史學家，有德國新電影之母之稱。

2 古靈（Golem）：直譯為泥人之意，出自十五世紀流傳於捷克布拉格的猶太傳說，傳聞當時的猶太人造出泥人，施法賦予生命，用之對抗反猶太者。

多芬廣場無疑是我所知巴黎最僻靜、最荒蕪的地方之一。每當我碰巧來到這裡，總覺得往別處去的欲望慢慢消退，我必得掙扎著違抗自己，脫離一種溫和、堅定不移、到頭來無以招架的擁抱。

——布賀東

接著，恐懼邁出笨重的一大步。由於古靈能敏銳感應到它自身城市的動靜，當鑰匙在瓦茨拉斯廣場[3]叮噹響的那一刻，它感受到護身符底下類似心跳的震動。它瞪大眼，破匣而出，經過夏佑宮（Palais de Chaillot），笨重地走向巴黎的老猶太區瑪黑區，摧毀那裡的高科技茶品沙龍、古董精品店，以及近數十年將瑪黑區改頭換面，使之變得體面高尚的其他產物。它前往高登格熟食店拿了些猶太煎餅和野餐食物，作為長途跋涉的口糧，以便穿越中歐往東，一路挺進魔燈劇院[4]的絲絨革命。

3 瓦茨拉斯廣場（Wenceslas Square）位於布拉格。1989年，捷克以和平手段結束共黨政權步入民主，人稱「絲絨革命」，當時民眾聚集在瓦茨拉斯廣場，搖晃手上的鑰匙串，要求開啟未來之門，成為抗議的重要象徵。

4 魔燈（Magic Lantern）可說是電影放映機的前身，十七世紀時一位德國教士發明，運用鏡子與燭光，從一個稱之為魔燈的箱型裝置將影像投射到牆上。

我愛上了巴黎，不如後來的癡迷，而是帶著狐疑和不安，好像它隨時會背叛我一樣。都怪傾瀉在建築物上的陽光，投映出夢境般的靜謐，令人著魔入迷。我傾身倚著騎兵橋（Pont du Carrousel）的矮牆，看陰影緩緩爬過對岸。聖母院的塔樓慢慢變得燦亮，像燈籠一般。我駐足在小丘廣場附近的巷弄，望見聖心堂的圓頂閃爍著夕陽餘暉，使得教堂頓時宛若沙漠中的清真寺。光影的變化使得這城市成了交織著人類奇觀、悲傷和邪惡的迷宮。

——普羅柯希
Frederic Prokosch

多芬廣場
PLACE DAUPHINE

「就在我家正對面，室外裝潢師克里斯托[1]把新橋圍上了裙子。我總說巴黎像個女人，我的意思是充滿女性的嬌媚。事實上，巴黎的性感就在那兒，在新橋的腰身後頭：多芬廣場。你也許知道這迷人的三角地帶，覆蓋著好客的美麗林木。

順道一提，你或許有興趣知道，幾年前，國家歷史古蹟保護局派人以X光檢測我們敬愛又生動的亨利四世雕像——（「每個禮拜日，人人得一隻燉雞」這句話就是他說的，當時沒有速食，也沒有「愛之堡」，喝得到扁豆湯就算幸運了。）這項昂貴的操作是為了檢視雕像年久失修的裂縫。結果令人大吃一驚——雕像內竟然另有一尊雕像，一尊較小的拿破崙雕像。我想你會不以為然地說：『亨利四世國王的肚子裡怎麼可能懷有當時尚未出現在歷史中的拿破崙君王雕像！』我知道答案：原始的亨利四世雕像在法國大革命期間被熔掉了，可能是拿去製造大砲，直到一八一八年，才在原處擺上以拿破崙雕像重製的銅鑄複製品。其鑄造者是狂熱的拿破崙主義者，把他的英雄置於大雕像之內。

你得承認我很幸運，住得如此靠近巴黎永無休止的亂倫處。我深深沉浸其中。」

——帕斯哈
Jean-Jacques Passera
法國導演

---

1 地景藝術家夫婦克里斯多與珍妮·克勞德（Christo and Jeanne-Claude）1985年在巴黎市長的允許下，將新橋整個包裹起來，成為他們的裝置作品。

透過玻璃眼看巴黎

　　巴黎人人全副衣裝，都是因為刮過塞納河面凌厲襲來的風。我從沒見過街上有人袒胸露體——裸裎的都在博物館裡，在草地上吃草，雖然前幾天我的確看到有個上空遊民坐在地鐵長椅縫補毛衫和襪子。回倫敦待了十週後重返巴黎，我發現這裡起了很大變化。我在八月份離開前看到的巴黎人，現在全都冬衣蔽體。街上陌生人和朋友新近的美貌叫我吃驚，他們有如剛長出禦寒冬毛的動物，裹著厚厚外衣，套著靴子，圍著羊毛、絲質、鑲亮飾的披巾——長方或正方形都有。

　　我想，地鐵裡隨著冬天加深的鬱結窒悶，乃是羊毛使然。在車廂裡連綿延伸的毛織品，使得一雙雙燈心絨腿上壟罩著陰沉和遲鈍。每人全身上下包得密不透風，必須碰觸時總會心生害怕。從女人大衣和披巾之間流洩的絲絲金光，並非來自眼眸或頭髮，而是由內發散的些許熱火。

　　我大剌剌地好奇張望，雙腳則套著短襪塞在涼鞋裡。我想到馬格里特那幅既是鞋也是腳的畫，畫裡腳趾伸出皮鞋外，腳趾甲儼然像眼睛。於是我到波埠區找那畫的名信片，但全不見蹤影，我猜大概是出走到摩洛哥那盛產柑橘的土地去了。

　　某個午後，大量陽光難得穿透纖弱的二月天空傾洩而下，我去大皇宮（Grand Palais）欣賞克勞德·傑勒（結凍）·洛林[1]的畫，一走進大展覽室，最先映入眼簾的景象令我驚奇：身穿黑大衣的一具具人形，游移在畫中永恆的春天和夏天——杏桃色的晨曦、藍與綠、非人似的粉紅身軀——之前。

　　然後我去唐緹（La Tartine）小館喝咖啡吃鑲餡孛蘭麵包片（tartine on *pain Poilane*）。店裡所有的桌子似乎都擺在角落，即使室內的角落只

有那麼幾個，桌子還是比它們多得多。往餐桌移動時我邊走邊脫大衣，當我抽出手臂，脫離它的重量後，覺得好似卸下一隻熊。「這是我的熊。」我找地方安頓牠時嘴裡這麼說，牠佔據了整張椅子，且就我所知牠還餓得很。牠以我的身體充饑，偷走我的體溫，好把體溫還給我。此外，牠可以兩面穿，中國產的，但不是熊貓。

　　……時尚即世界（*La Mode is le monde*），monde是意指世界，而去掉n後是陰性詞，這個n究竟代表什麼？赤裸（nudity）？空無（nothingness）？身體和靈魂之間的不可能（no）？在帽子風行的年代，而悲哀的是那年代已經逝去了，如果帽子無法引來街上男子的妙語如珠，它可是一大失敗。時尚是在人行道上徘徊的繆思，挑動人吟詩作賦。

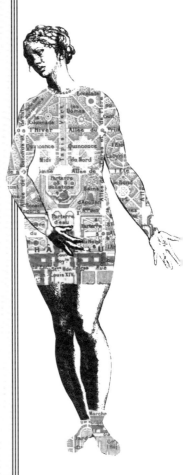

1 傑勒（結凍）‧洛林（Claude Gellé le Lorrain, 1600-1682）
　　本名克勞德‧傑勒，其姓氏 Gellé 在法文裡與凍、霜
　　（gelée）諧音。後來以出生地洛林為姓，法國古典主義代
　　表，也是美術史上風景畫的宗師。

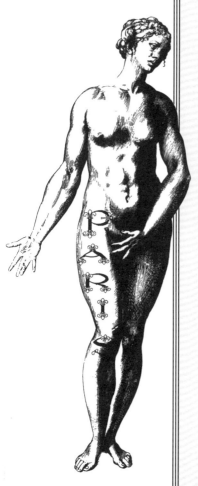

……我去篷圖瓦茲游泳池游泳，得越過三座橋才到。抵達後，我脫掉衣服，穿上為那池水準備的服裝，很怪吧，但規定就是如此。回到房間，我滑入睡袍（與赤裸聯手把我從牛仔褲救出的一襲薄紗），覺得有東西盯著我看。床上的幾本書之中躺著一顆小小的玻璃釦，這眼珠子似的東西想必一路跟著我回家，因為它不屬於我衣櫃裡的任何東西，以前也從未見過。我透過這眼珠子往外瞧，看見巴黎衣櫃裡的衣物全溢到大街上。

商店及購物篇 · STORES and SHOPPING

……每個櫥窗都是目光之舌愛撫的性感帶　我們盯著櫥窗看，深知它們令我們深深震顫，是我們總算得以觸及的私密……這城市擁有世上最多櫥窗，愛撫那些櫥窗的目光也是世上最多的。舔吧，這城市如是說。

——柯塔薩
Julio Cortázar

噢，小狗／光學儀器行：尚・傑洪（Jean Gerome）牆上的廣告看板——圖畫鑲上別具特色的框，1902。摘錄自《1902年巴黎市看板競賽》，巴黎國家圖書館。（譯注：這裡是打雙關語，o pti cien合起來是opticien，意思是光學儀器行或眼鏡行，拆成三個字後，在法文裡其實沒有這些字，但pti的發音同petit，小的意思，cien的發音同chien，狗的意思，而這也是圖裡有小狗的原因。）

莫里哀百貨
Grand Magasin Molière

　　不像其他的百貨公司一切都在同個屋頂或毗連的屋頂下——譬如莎瑪麗丹百貨（La Samaritaine）、老佛爺百貨和春天百貨——莫里哀百貨遍布在城裡，它是以莫里哀的劇作為店名的個別店家的集合。比方說，拿「塔土夫或偽君子」〈Tartuffe, or The Imposter〉當招牌，賣

的東西總是跟表面上八竿子打不著的店家，位在
膺品博物館（Counterfeit Museum）前的費桑迪
利街上（rue de la Faisanderie）[1]。「布爾喬亞紳
士」〈Bourgeois Gentleman〉坐落在優雅的第
十六區，介於巴爾札克故居和瑪摩丹莫內美術
館（Musée Marmottan）間。「無病呻吟」〈The
Imaginary Invalid〉藥房，不消說，處處可見，關
照著真正有病或幻想自己生病的人。那兒的藥劑
師觀察力比大部分醫生都要敏銳，懂得病人需要
的是藥方，或者後房內的撫抱——他們偏愛這一
帖良方甚於安慰劑。「無病呻吟」藥房的體貼窩
心，承襲自莫里哀過世前夕的高尚行止：儘管他
病得很重（絲毫不假），仍不顧親友反對，執意要
登臺演出劇中角色。「要死沒那麼容易。」他說。
有人提議取消當晚演出時，他答道：「我怎麼可
以奪走五十名工作人員的麵包。」從此以後，每家
麵包店隔壁都開了家「無病呻吟」藥房。

　　「憤世嫉俗」〈The Misanthrope〉賣什麼
無關緊要，這家店最初開在法蘭西劇院（La
Comédie Française）一帶，提供工作給想出頭
的年輕演員，外加磨練機敏應答和下流粗話的
機會。不過這裡的顧客有半數是老練的演員，他
們可不是愛看戲但腦筋不靈活的人，對這些人來
說，初出茅廬的小伙子不是對手，所以這家店後
來搬到聖傑曼德佩區，好讓體面的那區活潑起
來，提供別於秀場似的咖啡館和電影院外的消
遣去處。較不為人知的「緊急出診的醫生」（The

與莫里哀百貨公司同名的莫
里哀肖像，乃麥納作品
Mignard，譯注：
Pierre Mignard, 1610-1695
法國畫家

「無病呻吟」的重要詞彙：
chercher　尋找
例句：進到藥局聽見：
Vous cherchez, Madame?
小姐，您要找什麼？ 或
Vous désirez, Madame?
小姐，您需要什麼？ 或
Qu'est-ce qu'il vous faut?
我可以為您效勞嗎？
你可以答：
Oui, je cherche l'élixir de la
jeunesse perpétuelle.
是的，我要找青春永駐的仙
丹妙藥。 或
Je cherche le secret de la vie
éternelle.
我要找長生不死的秘訣。

---

1 做戲，做做樣子。

Flying Doctor），提供服務給同樣在空中執勤的「皮草紛飛公司」的飛行員，並跟隨他們的腳步，招攬「太太學堂」的學員上門。「吝嗇鬼」（The Miser）這家匯兌所開張的時間並不長，因為它提供的匯率不利於每種外匯和觀光客，大多數顧客上門後都破產了，流言很快傳了開來。

喜歡美食的人千萬別錯過「浦爾叟雅克先生」豬肉舖（The Charcuterie Monsieur de Pourceaugnac），店名直譯大意是「養豬省來的先生」，那裡不僅賣火腿香腸，還有利穆贊省（Limousin）的在地特產，譬如莫里哀筆下這位被巴黎人透過鬧劇嘲笑的可憐主人翁。但話說回來，多貼切呀！香腸是用塞灌的，鬧劇（farce）這種戲劇形式也一樣[2]，其拉丁字源就是塞灌的意思。店內臘腸和香腸之上掛著《浦爾叟雅克先生》劇中化妝舞會的一段歌詞：「當我們為了歡笑齊聚一堂／在我看來，最聰明的人／正是那些最瘋狂的人。」

攻心計這舊花招，在美髮店裡很少被注意到，除了香水名稱、染髮和各種髮型的遐想之外……也不再是裁縫師的秘密，且這情形已經很久了。比方說，在晴雨表商店（Galerie du Thermomètre）的盡頭，我們會找到一位自稱時尚裁縫師以招徠顧客的人。他也兼賣大皮箱和旅行必需品，後者還是用一口刻意說得字正腔圓的英文說的。我不禁覺得，那機敏的實驗者藍祝[3]想必在這裡買衣服，在這些有如他命運的神秘象徵的行李箱中試穿西裝。

——路易‧亞拉岡

2 鬧劇最初是戲劇中間的穿插表演。

3 藍祝（Henri Désiré Landru, 1869-1922）：被稱為「Gambais的藍鬍子」（Gambais在巴黎之西），成為殺人犯之前試過不少行業和騙人的勾當，確實可稱「機敏的實驗者」。他最終的「實驗」是偽裝為鰥夫登報徵婚，攻陷不少婦女芳心與錢財，把她們殺害後，屍身於廚房內焚毀——最後被處決於斷頭台上。對不少人來說藍祝無疑是駭人而迷人的（désiré／desired），他的輕易變換身分如同變鬼，一件試過一件，為其詐騙與「經手」而神秘失蹤的被害人，也跟著那不可思議的命運在流轉吧——藍祝的廚房與設備，不就是為往生者提供旅行必需的準備嗎？

這家店位於蒙帕納斯,位置便利,靠近詩人們長眠的墓園,詩人們也託該店家的褲子之福再度活躍於世人心中。店內販售男女長褲,質料應有盡有:絲絨、棉質、燈芯絨、絲質(生絲和純絲),不勝枚舉。店家接受特製訂單,譬如,以紙箱質料來紀念達達主義在蘇黎世創立的歷史初夜;為了紀念中世紀宗教詩或吟遊詩人情歌(後者可選擇附上淑女腰帶,假使穿褲子的人具有真正的騎士精神)以羊皮紙為質料,以及你帶來要求客製化服務(sur mesure,不是fur mesure,皮草製的。皮草褲只有在難得一見的波羅的海寒冬即將到來時才會養在店裡)的任何質料。

店家的目標是藉著褲子把詩散播至所到之處,不管是快步走在人行道或坐在碼頭、地鐵、長椅上。如此一來,巴黎人和遊客可以表達他們的熱情、希望和信念——藉由維雍(François Villon)、Lousabine、瓦勒希、馬拉美(Stéphane Mallarmé)、維昂(Boris Vian)、盧波(Jacques Roubaud)以及他們傑出的伙伴們。這家店剛開張時,臀部大量引用了聶魯達、阿赫瑪托娃(Anna Akhmatova)、烏納穆諾(Miguel de Unamuno)、Vachu、布考斯基(Charles Bukowski)、松尾芭蕉(Matsuo Basho)的詩句,但在法蘭西學院和文化部的施壓下,只得明快地改弦易轍,主打古典及當代的偉大法國詩作。儘管如此,她摯愛的養子養女還是有些獲得了官方認可,假使你膽子不小的話,不妨放手一試。

詩意的屁股
Arse Poetica[1]
馬莫尼耶街39號

「很內行!」艾力·布拉克(Alec Bloc)在《曲點》寫道。

為了讓你對這家店的可能性有些概念,我們提供幾個實際成品的訂單給你參考。繡在一件白絲絨便褲上的馬克斯·雅各(Max Jacob)的字句:「一九二九年冬天真美!巴黎披上白絲絨,每扇窗都像月光石。」

有位行李員藉著繡在制服上、節錄自艾呂雅(Paul Eluard)和貝若(Benjamin Péret)合著的《合乎當代品味的一百五十二則箴言》(*152 Proverbs Adapted to the Taste of the Day*)裡的字句大膽表白:「要擄獲金髮男人,從他的行李下手。」

1 以詩的藝術(Ars Poetica)諧音打趣。

德州奧斯汀來的顧客艾夫·穆斯吉的創意：「就連妳的倩影也飄著香味，我甜美的風滾草小姑娘。」

不具名臀部之一例：「你兩腿之間狐鼻似的狹道，迅速燃起熱火。」
　　　　　　——荷耶惹奴
　　　　　Claude Royet-Journoud

另一件絲絨褲是位悲觀厭世的顧客訂製的，繡著摘錄自路易·亞拉岡的字句：「夜晚無聲地撲翼降落，將布勒哲爾式（Breughel）的絲絨罩在這布勒哲爾式的地獄上。」

　　店內的兩面牆自然是排滿了詩集，店家也對顧客的臀部照顧周到，提供一長列椅子和長沙發，確保你無論選哪本詩集閱讀都能舒適自在。除了全集選集之外，大部頭的詩篇、十四行詩、四行詩、短詩任你翻閱，不管是為了商業目的或尋找生命意義，只要帶著詩上門，便會受到最熱烈的歡迎。美國人一般而言下盤壯碩，經得起較粗野低俗的妙句，也因為富含脂肪，適合內文飽滿的長篇詩歌。

　　如果你事後有其他想法，可以把它們繡在手帕上溫和地表達，然後塞進特殊後口袋裡（用來裝小本子的）。這些手帕一次得買十條，每一條都繡着不同的創意詩句，位於男兒淚街的手絹行可以按照你的指示訂做。

我坐在莎士比亞書店翻閱卡夫卡
的日記，讀著我太熟悉的關於抽鞭
的那篇——「我們得以對自己抽鞭，
那意志之鞭」——隨而感覺到
（一陣輕微的鞭打）該是離開的
時候了，於是起身走向俯視一桌子書

莎士比亞書店
Shakespeare & Co
畢舍希街37號

的勞萊。就在我走近時，天花板竟灑下紅酒，直往我頭頂潑，濺到我的右
腳和皮包。樓上肯定有事發生，你必須爬上掛著葉慈詩句「在污穢的廢
物堆似的內心裡」[1]標示的紅梯子才到得了。那天稍早我坐在共和廣場附
近的階梯上寫了封短箋給人在倫敦的麥可，滲進皮包裡的紅酒在我寫給
他的紙箋上留下漬印。酒漬變成了歷史印記，我的遭遇在那一頁具體地
存在。

1 典出葉慈〈馬戲團動物大逃亡〉*The Circus Animals' Desertion*一詩最後兩句：
  我得躺在那些梯子的起點，在污穢的廢物堆似的內心裡。（I must lie down
  where all the ladders start, in the foul rag-and-bone shop of the heart.）

folie à deux一詞指兩人一起瘋狂[1]，你希望
能長久持續的那種。不過雙雙冊冊是家書店，
確行兩兩一組，店內每一本書永遠都有兩冊，許
多書是雙語的，並且一次必須買兩本書，否則作
罷。這規定有利於店家生意，假使你只想買一
本，而且非常渴望，你會樂意隨便拿另一本湊數
的。不過當你選了一疊書而必須在收銀臺前反覆
排隊時，情況會變得有點複雜。因此大多數人會

雙雙冊冊書局
Folios à Deux
古謗街77號

1 意指兩個極親密而封閉的人活在同一個幻想世界、擁有共同妄想,是一種感應性精神疾病。作者在此以folie（瘋狂）與folio（書頁、對開紙）玩了文字遊戲。

結伴或成群前來。說到結伴,雙雙冊冊專賣兩人同時閱讀將別有一番新領會的書,這種愛的藝術若非已經消失也是瀕臨絕跡。

艾蜜莉姑媽閣樓
Le Grenier de Tante Amélie
烏鴉巷13號

fig . 18

艾蜜莉姑媽閣樓廢棄了很長一段時間,直到她迷人的姪女茱麗葉進入地下室——結果挖到寶!鈕釦、棒球卡、扁桃腺、牙齒還有你遺忘在架上的舊寶物——任何你丟失或亂放的東西都可以在艾蜜莉姑媽的地下室找到。失蹤人口事務局甚至在這裡尋獲幾名在前往莫里森之墓憑弔途中失蹤的歌迷。他們很突兀地跟一度歸瑪琳・黛德麗（Marlene Dietrich）所有的電視機綁在一起（非賣品,艾蜜莉姑媽以前常和黛德麗在義大利大道上一起抽菸）。儘管有這種事發生,艾蜜莉姑媽和綁架公司可是毫無關係。

茱麗葉深知找回失物對失主來說意義重大,所以售價有點過高,就像她移到閣樓裡的陡梯;而移走陡梯是為了讓人找不到地下室,以營造詭異氣氛。

忠告一則:茱麗葉觀察敏銳,你臉上閃現任何一絲認出舊物的神情都逃不過她的法眼(洩漏

情緒會大大拉高售價），所以，花幾個夜晚到「彼
得洛希卡的苦惱」玩牌不失為一個好主意，而且
最好是玩撲克牌，那裡有幾桌是特地預留給想練
就不動聲色功夫的人，以紀念史特汶斯基的惡癖
之一和他的芭蕾音樂《紙牌遊戲》。

潘大隆褲莊
Pantalone[1]
輕步兵團街65號

　　這家褲莊位在城的另一端，遠離「詩意的屁
股」，靠近甘畢大廣場，它明明白白賣褲子，不吟
詩作賦。一進潘大隆，你馬上會看到一位神似科
倫萍[2]的收銀員，收了你的現金後，賣給你壯年男
人穿的各式各樣褲子。你可以在這找到贖罪褲，
速脫褲[3]（輕快地抖一下，褲子立刻往下掉），魁
梧壯碩的男人則可以選擇龐大固埃褲和帕華洛
帝褲。生意清淡時，顧客會被邀請到陳列各年代
的褲子、相片及影視資料的凹室內，進去過的人
無不大開眼界，尤其當你得知在西方世界，男人
把自己包裹在褲子裡不過是近幾百年內的事。
　　假使有需要的話，潘大隆褲莊也和西服店
合作（那可怕的英式西裝肯定快被淘汰了），提

輕步兵

「Au fur et à mesure」這個
法文片語發生在潘大隆褲莊
可就不太方便了，片語的意
思是：逐步、漸漸。

1 潘大隆：義大利即興喜劇裡貪財好色的老丑角，常穿窄管貼
　身褲，這個字後來慢慢用來稱呼褲子。
2 潘大隆的女兒。
3 速脫褲（Presto Pants）：Presto，音樂上指急板，也是變魔術
　的用語，即「變！」。

供你各種西服款式。西服店就在褲莊正對面，越過怡人的甘畢大廣場就到了，在地鐵加列尼（Gallieni）站。

百事吉寵物精品店
Basket
夫人街49號

這家店以葛楚・史坦的白色大獅子狗「百事吉」命名（在牠死後，非生前），位在夫人街，離史坦的花街藝文沙龍（rue de Fleurus）不遠，專門為照顧寵物比照顧自己和他人更周到的巴黎人及觀光客提供服務。狗狗在這裡得到最大的空間和關照，如果寵物是鳳頭鸚鵡、豹貓和鴕鳥寶寶，還會丟玩具供牠們玩耍。百事吉寵物精品店系出名門，並且得到首屈一指的獸醫師兼「掌上明爪」餐館老闆賽門・艾波的支持，他為那些毛茸茸、只發單音的顧客在這裡訂製了繡有特殊花押字的圍涎。店裡還備有：為穿金戴銀的孀居貴婦的哈巴狗設計的鑲寶石狗皮帶、南錫（Nancy）的白鑞碗、美國西部的生皮骨頭和牛肉乾、天堂街的骨瓷、尼姆（Nîmes）的新教徒僧侶製的野豬鬃刷、高布林城（Cité des

Gobelins)[1]的織錦坐墊，還有林林總總由馥香食鋪的食材碎屑和巨獸（Gargantua）[2]吃剩的殘羹做成的精緻零嘴——這樣你應該有概念了吧，牠吃一口和吠一聲一樣驚人，也就是說，每一口都讓你的荷包大失血。

1　高布林家族十五世紀崛起於巴黎，專為皇室製作織錦畫，其織品遺近馳名。

2　拉伯雷之《巨人傳》裡的人物。

　　和上緊發條的「前進」（Avanti）大相逕庭，「慢活」的步調非常放鬆，在這家店裡，你的疲累一掃而空，與時鐘及情境博物館裡分秒不差的節奏有天壤之別。店家的用意是要你接納他們標榜舒適的服飾。原初設計就是洗皺感的襯衫、會呼吸的透氣長褲、雙人派對穿的晨褸和晚宴服、鞋底繡花的軟皮鞋和拖鞋。有些衣服不分男女，有些則不然，如果你想吸引異性而希望自己搶眼些，也有各色選擇。在這裡花個半小時，無須有購物的打算（只要稍稍裝點樣子），聽聽緩慢輕柔的話語聲，感受腳背滑入懶人鞋時微微的緊繃感，是很愉快的事。唯一的問題是，他們必須持續營運下去，這使得員工比標榜的氣氛要緊張些：ralentir意味放慢腳步，隨著他們加速在每一區擴點展店，他們又開始加快腳步。

慢活
Ralenti
扇子街33號

兩全其美
Tous les Deux
小酒館兼胸罩店
Brasserie et
Brassièrie
立普街94-96號

　　我們仍不曉得該把這家店歸類為商店，還是餐廳。不管怎樣，它就在這裡。兩全其美是酒館兼胸罩店，它一面供應啤酒、酸菜和阿爾薩斯風味菜，一面供應諸如胸罩等各式女用內衣褲。店老闆是一對迷人的夫婦，他們注意到大批美國人來尋找花俏的法式女燈籠褲，而川流不息的法國人則為餐點而來，於是他們決定採複合式經營。這裡最精彩之處包括午餐時段的時裝秀，以及在更衣室裡為顧客提供的點心吧。

摸摸樂
La Toucherie
蝴蝶廣場5號

　　某個小街區的雜貨店開始實施自助式服務招徠顧客，超級市場偶爾也允許這種形式，但賣新鮮蔬果的店家（不管是開店賣或是在露天市場擺攤）普遍的看法是——「別碰我的東西」，因此你只能暗自希望他們挑蘋果、梨子、胡蘿蔔和四季豆給你時，覺得你迷人或值得。他們不會讓你動手自行挑選，你得憑經驗判斷誰會對你敏銳或懇求的眼光有所回應。突尼西亞人比較友善。若你指出那些蕊心發黑的菊苣裡頭爛了，他們會說：「哈！說破就好，來，這裡有上等貨色，你拿去吧，下次直接說一聲就行了。」這樣做生意，不管手腕算不算靈活，還真的會有下一次。

續接142頁

我的馬甲師傅

「……她對我說，『我再也受不了我的臀部！想想辦法吧！』因此我把她的馬甲使勁一拉，將臀部的地方束緊，喝！……肥肉慢慢移動，下降到大腿處，鼓起一圈肉。於是我再度使勁拉，束緊馬甲，喝……最後P夫人的那圈肥肉降到很低的地方，低到簡直看不見……胸部的部分也如法炮製。

「好，現在托住妳的胸部，像這樣……別怕！我解說時不會讓妳赤身露體的。托住胸部，這裡，像這樣，將它集中聚攏，從底部施力，盡量從兩側往中間擠壓。接著戴上小巧胸罩：我的14A，真美！嚴格來講，這不算胸罩，而是小小一片用來固定胸部的彈性布料。隨後罩上大馬甲，那327號，今天最美妙的一刻就是現在。看看妳，凹凸有致的剪影，臀部線條柔和，小腹平坦，比萊茵葡萄酒瓶更婀娜曼妙，特別的是那青春洋溢的胸部。擁有青春洋溢的胸部才是最重要的，只是需要動點手腳。說到這個，夫人，我的對手發明了一大堆玩意兒：伸縮布料、壓縮和束緊兩瓣屁股的鬆緊帶、叉形鉤，但我敢說，是我率先形塑出切實可行又極具美感的『雙峰』！」

——科萊特

Colette，1873-1954，法國女作家

現在，且讓我們進入（跟你購買的商品之間）前戲的下個階段。各位先生女士請注意：店老闆波芬先生不善調情，但他那琳瑯滿目的農產品可是活色生香，說幾句諂媚打趣的話，提點私人問題，其實無傷大雅──你可以隨口瞎掰，每次編一套也無妨，反正他記不得自己回答什麼，也記不得你的面孔──至於他店名所謂的「摸摸樂」，指的是你和貨品之間，不是他和顧客之間。

你要付的金額，則視你摸過的甜椒、菊苣、蘋果、櫻桃、桃子有多少，外加真正購買的貨品重量。你上門來的一舉一動都有錄影，以佐證波芬先生助手的精確計算，所以你最好有銳利的眼光、堅定的目標和良好的手眼協調。切記，別人跟你一樣挑剔，不會想買細皮嫩肉被捏過後留有瘀痕的貨品。在這裡你至少可以輕柔地翻動蔬果，瞧瞧暗藏在下的底部，多數果菜販總會利用空檔設法隱匿的那一面。

交通篇
· TRANSPORTATION

　　那公車月臺上擠滿了人，壅塞不堪！有個年輕人看起來愚蠢滑稽！他在幹什麼呢？這樣說吧，但願他不是故意要和某個不斷推擠他的小伙子起口角（他直呼那人是花花公子），隨後又急急忙忙地搶了個剛空出的位子，沒讓給女士，好似除此之外沒有更好的事可做！

　　兩個小時後，你猜我在聖拉查火車站（gare Saint-Lazare）前碰見了誰！那個花花公子！穿得可真花俏！顯然聽進一位友人的建議！

　　說來你不會信的！

　　　　——與葛諾（Queneau）同坐
　　　　　84路公車

QUESTIONS, ANSWERS

USE

Railway Trav

[To buy a ticket, etc., at

JOUR
parle aux Français
ET NUIT

URSES
IS-NORD
ANTILLY
IEME CLASSE
RETOUR
EMENT POUR
IERE CLASSE

5.00

ST ARRIVÉ

036

PUBLIQUE FRAN

USE ONLY WITH COPPER
BRANCH CIRCUIT CONDUCTORS.

EMPLOYER UNIQUEMENT AVEC
DES CONDUCTEURS DE
DERIVATION EN CUIVRE.

20 Francs

E D'É

E D'É

Si le pr
n'a pu être
date, appliq
sous le timbre

14

15

18

LE MÉTRO-NÉCRO+

N° 125 — 7 Août 1903 — 40 Cent

L'ASSIETTE

AU BEURRE

DESSINS DE
STEINLEN, WIDHOPFF, GALANIS
D'OSTOYA, FLORANE
VAN DONGEN, HRADECKY, POULBOT
CAMARA

一旦變成名副其實的乘客,搭乘地鐵、公車和郊區快線時的選擇很多。地鐵有週票(hebdo),月票(carte orange),單程票(真荒謬的一種票),十程的市區票(carnet)。但對於真正四處遊走的人而言,鼴鼠旅館和鼴鼠窩旅館的居留證才是無價的。它讓你的選擇延伸到極限,從中心區的鼴鼠旅館到遍及郊區快線所有車站及地鐵終點的鼴鼠窩旅館:王妃門站(Porte Dauphine)、勒瓦盧瓦橋站(Pont de Levallois)、克里儂固門站、賽夫耶橋站(Pont de Sèvres)、奧爾良門站(Porte d'Orléans)、小教堂門站(Porte de la Chapelle),以及巴黎的裙襬(outskirt,外郊)和近郊的裙撐架(抱歉,兩全其美小酒館兼胸罩店的一名服務生拿走了這具裙撐架,把它當內衣穿在心裡)。

當旅館房間都被訂滿時,他們會霸占幾節地鐵車廂,鋪上床墊,你可能不會注意到地鐵座位被收起。雖然你前晚在鼴鼠旅館或鼴鼠窩旅館辦理入住,但破曉時分車廂接上地鐵列車,你可能會在另一個地鐵站醒來,喪失在鼴鼠旅館或鼴鼠窩旅館淋浴的好處。你頓時成為尖峰時段的風景:不怎麼優美,但嘗到巴黎原汁原味的真實生活──你甚至還沒刷牙!

簡介

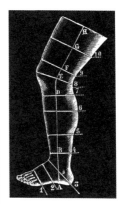

設想周到的標示顯示各主要景點間的距離。

留意這允許打赤腳的標示。

巴黎行腳
Paris à Pied

瀰漫在拱頂走廊內的光線多麼詭異，這些廊道充斥於巴黎主要大道附近，有個令人不安的名稱——走廊，彷彿沒有人有權利在這陽光透不進的地方多逗留一會兒。那碧藍的微光，好似被深海篩過，有種泛著蒼白光輝的特殊質感，像是突然掀開裙子暴露的腿。

——路易亞·拉岡

巴黎容許你以多種方式愛撫她，跨越她，最合適的往往是用腳。浪漫詩人聶瓦[1]蹓躂龍蝦的年代已經遠去，但還是歡迎你牽著你的龍蝦或愛人，試試腳力如何。你有十足的權利愛上哪兒就上哪兒，不過假使你謹慎地走進當地市政局（市政區區長辦公室所在），申請一張行人通行證的話，你對任何爭論會更有影響力（clout），在通行道（passage）上更加順暢[2]。證件分成好幾個等級。如果你有天會安排大膽一點的行程，最好辦一張高級通行證為你的雙腿加持。這張證件很精美，返家後可以裱框掛在牆上，一面喝卡本內蘇維翁紅酒吃布里乾酪，一面欣賞。你主要的選項有：鄉下行人證、孤僻行人證、居家或室內行人證、一般行人證、迷路行人證、茫然行人證。後兩者最受觀光客青睞，當你慌慌張張走進任一間壓驚局尋求落腳處、緊急救助或想搞清楚身在何處時，它們允許你在專區等候。這裡通常大排長龍，但提供座椅是服務的一部分，所以你不會覺得等候的時間難熬。如果你租了公寓打算待六個月，或要將原定的三星期行程延長，不妨考慮申請「室內行人證」，有時它可以讓旅程上行六個樓層：你不用等電梯，而是走樓梯。此證的額外特色是，不管逛哪家百貨公司或市集都會附送一雙拖鞋。「鄉下行人證」是巴黎人開的玩笑，通常是他們送給彼此的生日禮物，簡單說，是種溫暖的調侃。

進階的通行證，例如「缺德行人証」，賦予

你在人行道或街道上吐痰，或用目光逼視汽車司機要求讓路的權利。「政客行人證」在遇上激烈罷工時提供不了保護，不過仍保有幾分褪去光環的特權。「近視行人證」給近視的人（很多行人不了解這證件多麼好用，也不知道假裝近視有多麼容易）；「肥臀行人證」（漸漸不流行了，女權主義者沒有砲轟市政廳還真不可思議），還有專給行動緩慢的老年人的行人證，甚至可以訴請另闢徒步線道，以免被五十多歲年輕小伙子推擠撞倒的「銀髮行人證」。

除了上述，以及礙於內容複雜而在此省略的幾個之外，還有「夫婦或情侶行人證」、「紅鞋行人證」、「麻痺性癡呆行人證」、給走路走到恍神者使用的「恍神行人證」。別把最後一項和「晃遊許可」（permis de flâneur/flâneuse，要貼切翻譯很難，大概是指閒晃、遊蕩、遊手好閒，介於動與不動間的狀態，好比象徵主義派或存在主義派的公子哥兒）搞混，後者是另一個完全不同的部門核發的，它雖然隱含輕佻意味，但不容小覷，因為需要合宜的穿著和適當的心靈狀態，或者說，心不在焉。

1 聶瓦（Gérard de Nerval）：1850年，為挑戰何謂「適當寵物」的概念，聶瓦養了一尾龍蝦，用藍緞帶牽著牠到盧森堡公園散步（摘錄自艾倫·狄波頓著《我愛身分地位》之「波西米亞文化」）。

2 法文passage clouté即指行人穿越道。

約瑟芬地鐵站
Métro Joséphine

進到約瑟芬醫院時，別忘了摸摸在希臘、印度、西班牙中庭裡分別由胡立歐·席爾瓦、書包嘴·甘地·瑞寒·阿多思·摩根娜·朱伯頓雕塑的每尊生殖女神像，並默想在異教徒神殿裡會有的各種情慾意象：農牧神、花神、火和噴泉。這裡的肚皮舞只跳給女人看，而且只由女人來跳，一如它最原始的初衷。

紀念法國史上最偉大的兩位約瑟芬——拿破崙的皇后約瑟芬，以及移居法國的美國舞者約瑟芬·貝克[1]，這地鐵站最突出的特色是混搭裝飾風格：絢爛華麗的帝國風格加上哈林文藝復興運動[2]的大師傑作，以及觸動畢卡索以《亞維儂姑娘》揭開立體主義序幕的非洲藝術。該站不僅允許乘客在等候列車進站時隨心所欲地跳舞，且大大鼓勵這麼做。假使你想穿著涼快或一絲不掛地跳，條子們會移開目光（當他們看夠了之後），欣賞其他人跳舞。

你不妨走到地面上的福婁摩汀區，這裡有個市集售有公鵝母鵝呆頭鵝、髮帶和舊式康康舞孃燈籠褲、從帝王河谷來的櫻桃，從動物園華爾滋天然乳品公司（La Crémerie Biologique Zoovalse）來的各式乳酪。這裡還有一間約瑟芬婦產醫院，很值得去瞧瞧，位在約瑟芬地鐵站的南端出口旁。這醫院是向始終沒替拿破崙生下一兒半女而終究離婚的皇后，以及認養一大群孩子的貝克致敬。

蒙德里安地鐵站
Métro Mondrian[3]

截至出版日為止獲得的訊息僅有以下的圖：

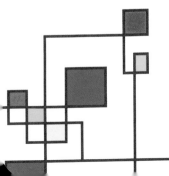

1 約瑟芬·貝克（Josephine Baker，1906-1975）：非裔美國人，於1937年成為法國公民，是第一位以黑人身分紅遍法國的歌舞廳巨星，有「黑人維納斯」之美名。二次大戰後，建立彩虹家族，收養各種族嬰兒。
2 黑人文藝復興運動，一九二零年代在紐約哈林區崛起，讚揚黑人生活及文化的活動。
3 蒙德里安（Piet Cornelies Mondrian，1872-1944）：荷蘭抽象藝術大師。

我走進地鐵車廂，邁入鮮活的超現實主義場景。在毛衣、汗臭和不快之中，坐著一名黑人女子，壯碩的腿上放著一面長方形大鏡子，鏡面朝上。鏡子上方搖搖晃晃的臉孔全被搖搖晃晃的鏡面捕捉入內。隔著走道對面，巨大熱帶植物從一雙膝蓋間長出。一臺吸塵器像隻狗似的被拖著走（地鐵內有個標語寫著：Est-ce-que l'idée de perdre votre chien vous affole? 大略翻譯是：「愛狗失蹤這念頭有沒有嚇到你？」），隨後在拉榭思神父墓園站下車。王爾德是否在等它？在我前方的一位突尼西亞男子，凝視著窗子沉思，窗面映著一模一樣的窗子，窗中之窗則映著一模一樣的車廂和我們。他扛著一道門，整個身體倚著，使他看似站得很穩。那鏡子起身，行經我身旁時，我碰巧轉頭，於是黑女人披風上的釦子（像排眼睛似的盯著我）、我斗篷上褐綠粉色的條紋、一撮暗金色頭髮，突然在鏡中交會——那鏡子繼續前移，沒入夜裡，在那裡，無數的鏡中倒影閃著微光或即將成形。

薩德侯爵地鐵站
Métro Marquis de Sade

你也許會需要
以下有用的託辭：

*Désolée d'être en retard, chéri, mais j'étais empalée au métro de Sade, et il a fallu trois belles brutes pour me libérer, puis deux mauvais garçons-manqués qui passaient pour me délivrer d'eux. 親愛的，對不起我遲到了，我剛剛困在薩德侯爵地鐵站，幸好有三名可愛的畜生幫我脫困，再靠兩個碰巧路過的壞男人婆載我離開。

欲知薩德侯爵地鐵站的更多資訊，請參見下頁蕾卡蜜耶地鐵站

蕾卡蜜耶地鐵站
Métro Récamier

蕾卡蜜耶站是人們會特地前來約會的地鐵站（此處是除了鼴鼠旅館之外，接待來自極端社會階層者的地方，在這裡，富人花錢和遊民比鄰而睡），也是遊民會在幾個禮拜前預約，好奢侈愉快地睡上一晚的地鐵站，不管有沒有附贈巧克力。

最漂亮又受歡迎的地鐵站，紀念地面下最美好年代裡確實存在過的地鐵車廂，那車廂內擺的一概是躺椅，乘客全慵懶地或倚或臥[1]。

蕾卡蜜耶地鐵站最吸引人的是傢俱：不只是布滿塗鴉的長椅，以及牆上的優格廣告和希臘群島廣告，還有昔日車廂內的躺椅，但被固定在地上。這些華美的傢俱是巴黎幾個文化協會捐出的，他們致力於在最不可能的地方保存舊日風華。假使你找不到地方擺放你詩意的屁股（見商店及購物篇），你可以到偏遠的躺椅街旁的蕾卡蜜耶躺椅廣場（Square Chaise-Récamier）（你的褲子絕對知道怎麼走）。很多來到蕾卡蜜耶地鐵站來的人，都因為這裡太舒適愜意而沒真正搭上地鐵，所以有時地鐵列車索性呼嘯而過直奔下一站。遲早還是會有列車靠站開門，但若你必須準時在目的地現身，還是別在這站搭車為妙。同一線附近的薩德侯爵地鐵站，座椅上有尖鐵，唯有性受虐狂才會去享用。趕時間的話，到那一站才對。

我在地鐵走廊上聆聽豎琴、手風琴和吉他演奏，音樂響起，隨而傳來靈巧的輕拍聲，只見四名眼盲的年輕人走下臺階。我往往會忘了自己是肉眼看得見的，我多麼倚靠眼睛過活。

---

1 蕾卡蜜耶夫人以優雅地坐臥於躺椅聞名，於是兩端高的長躺椅被名為蕾卡蜜耶躺椅。十九世紀著名畫家Jacques-Louis David就曾留下夫人在躺椅上的倩影，畫作今存羅浮宮，而躺椅在夏多布里昂的故居狼之谷。（參照頁113註1）

巴黎市・失物招領
LOST AND FOUND / PERDU ET TROUVE

請填妥以下表格，詳細描述失物特徵

特徵描述：我的獸醫說灰狗不可能走丟，他認為是我故意遺棄。他的名字叫巴拉卡——我是說狗，不是獸醫——獸醫名叫賽門，他自認比較像精神科醫師而非狗醫師。我有什麼理由遺棄這麼有福氣的傢伙呢——你知道，巴拉卡就是有福氣的意思。牠有一雙靈動的眸子，跟牠說話時，幾乎以為自己是在與聖人對談，至少我個人這麼覺得。我們是在地鐵上走失的。喔，我知道，這要填在下一欄。為遵守巴黎大眾運輸公司（RATP）的規定，我買了一只織有仕女與獨角獸的漂亮織袋，好拎著牠上地鐵，雖然牠的頭、尾巴和大半身體都伸出了袋外，而

遺失地點：　　且剛才描述過的眼睛，牠那看到醉漢也會與之握手的好教養，全掩藏不住。有位總在同一時間搭車的老婆婆為牠織了一頂帽子來搭配袋子，牠走丟時就戴著那頂帽子（搭配牠毛色的大地色）。當時我們要搭地鐵前往阿涅

遺失時間：　　勒（Asnières）拜訪一位過世的親戚——牠的親戚，不是我的——大家都知道阿涅勒是寵物墓園。只是我不太記得牠什麼時候不見的。灰狗很能跟周遭打成一片，很能待在那兒又讓人忘了牠在那兒。沒錯，我知道牠是我的狗，我應該栓住牠，可是你不能拿皮帶栓住聖人，對嗎？

米羅地鐵站
Métro Miro

本站裝飾著米羅的畫。很多遊客以為這些畫是地鐵路線圖而跟著走，結果循著直角線驚人地穿越軌道，繼而又隨優美迷人的曲線在地鐵裡東繞西繞（亦參見蒙德里安地鐵站）。

回憶地鐵站
Métro Mémoire

回憶地鐵會在哀嘆旅館反覆停留，且行進間會一路震顫搖晃。

回憶站深入地底，不只是某一方面而已。你若有時間，不妨搭地鐵到現在完成式咖啡館，點一杯過去未完成式咖啡，搭配你的維也納甜麵包和回憶（reflections，倒影。亦參見鏡子地鐵站）。如果你不想讓生活和這些過去時態有所牽扯，也不想憶起過去的荒唐，隨時可以到忘憂咖啡館，讓自己無憂無慮，只是得轉好幾趟車。

鏡子地鐵站
Métro Miroir

乘客在這滿是鏡子和池塘的地鐵站等車時會一直照鏡子。概念主義藝術家蘇拉維內在此打造了回聲室，重現希臘神話中納西瑟斯（Narcissus）回絕山林仙子艾可（Echo，回聲）的愛，終而永遠迷上自己倒影的悲慘故事。

達飛公司的名稱讓人聯想到西班牙宗教法庭[2] 期間的殘酷迫害，由德國比利時企業家歐圖・達飛所經營，它絲毫不熱門，不過車輛都是以夢幻仙境為主題設計的（用炫麗的計程車載遊客兜風），於是你在城裡遊走時，這些車成了最美的活動風景。多虧那些需要文化部資助的藝術家，這些計程車的頭燈各有特色，甚至同一臺車的兩盞頭燈造型也少有相同。大清早車流稀少之際，這類計程車遠遠駛來，好似大螢火蟲順著里沃利街飛奔，或者中國燈籠在傷兵橋上搖晃。但這家公司一點也不純真可愛——下回復活節假期坐上法國航空時，千萬別預定這些小傢伙，也千萬別讓自己像是巴伐利亞路德威國王陷入幻想[3]。這些計程車的外觀和格調，更像載著交際花到布隆森林兜風的馬車，車資則與造作矯飾成正比。他們很受毒販、外國權貴、高級應召女、出版人或藝人歡迎。我們衷心舉杯為奢華致意，不過，內部再華麗夢幻，引人遐想的是它們在霧中、雨中、寂寞夜裡飄移的風情。

達飛公司能把歡樂帶到街上，全拜密特朗執政初期的文化部長所賜，他號召世界各地的

計程車

達飛公司
Auto da Fée [1]

於是我離開了遺世獨立的樂園（聖羅蘭的家），走進了細雨霏霏的巴黎，計程車司機好似全休假去了……我忍著小腿上的牙疼，艱難地走在滑溜的鵝卵石上往地鐵去，那裡的十字轉門始終把聖羅蘭的創作拒於其外。

——安東尼・伯吉斯
Anthony Burgess

---

1 取auto-da-fé諧音打趣，auto-da-fé指宗教法庭對異教徒處以火刑的判決及宣告。
2 西班牙宗教法庭（Spanish Inquisition）：1480-1834，以迫害異端著名。
3 巴伐利亞路德威國王（Ludwig of Bavaria）：十九世紀的巴伐利亞君王，斥資建蓋他夢想中富麗堂皇的皇家城堡，也就是今天德國的新天鵝堡。

藝術家到巴黎，改造車頭燈，漆彩、雕刻、裝飾輕便馬車，這些藝術家以成長背景中遠方帝國的傳奇、傳說或想像來創作。彩繪馬車帶來高額獲利，進而資助其他計畫，使得藝術家得以延長簽證，並支付所住的可憐女傭房房租，這類有斜屋頂的女傭房往往在頂樓，對大部分女傭來說都過於狹小。

計程車
出亂子大轎車
出租公司
Ça Va Chauffer!

提供中肯的抗議：

*Est-ce que je paie aussi pour cet autre passager? Cette ménagerie de brioches, millefeuilles, et ces chapeaux en fourrure?

我是不是也要替其他乘客付錢？同車的那些布里歐麵包、千層派和皮草帽？

這家加長禮車出租公司，一開始便拼錯了名稱變成「蒙馬特出亂子」（Les Chauffers de Montmartre），chauffer意思是加熱，引申為打架。而今，一見他們的車駛過，人們總會大呼一聲：「出亂子啦！」（Ça va chauffer!）[1] 就如同我們有不祥預感時會說：「大事不妙啦！」（The fur's going to fly）而這正是這家公司出名的地方。全巴黎的麵包店和糕餅店就是拒絕搞懂這些出租車並不比大部分的計程車悶熱，他們經常派這些車運送長棍麵包、巧克力麵包、小棍子麵包等，彷彿麵包才剛出爐，其實已經放了大半天。

在此補充一點，就像上述用語把這家公司的車和敘述搞得很複雜一樣，該公司偏愛僱用經常

1 錯把chauffeurs（司機）拼作chauffers（加熱、打架）。

頂著阿斯特拉罕小羊皮帽（Astrakhan caps）、粗野多毛的喬治亞共和國人當司機，並堅持在悶熱的夏日月分也必須戴皮帽，以便對聽得懂「出亂子啦」的英國和美國觀光客耍幽默。其中一位有雄心的喬治亞共和國人，與家鄉的黑道頗有淵源，便成立了一家公司進行報復，公司真正的名稱就是「皮草紛飛」（The Fur's Going to fly）。這家直升機公司專門運送皮草大衣給巴黎、倫敦、維也納、柏林的貴婦，投擲在她們的陽臺上。飛行員很多是退休的運動員，對自己精準的投擲技術十分自豪。他們有時候必須對抗也飛上天巡邏的動物權利保護組織。如今富甲一方的喬治亞共和國大亨擁有私人直升機和熱到無力的私人司機，直升機的襯裡不是狐狸皮、貂皮就是浣熊皮。

綿羊教我們的事：
Revenons à nos moutons!
（且讓我們回歸正傳。[1]）

有些巴黎人的車座椅沒罩上羊皮套，卻把活生生的羊抱在腿上開車四處跑。因此走在一層層停車場間，四處尋找傳出咩咩叫的寶獅汽車的男人，也會這麼呼喊著：「且讓我們回歸正傳吧！我的小綿羊。」

1　參見頁77註1

奧菲歐公車不會處罰或趕走樂手，事實上，這裡的試鏡可是很嚴格的。對於雄心壯志的街頭藝人來說，不失為闖出名號的起點。能夠登上奧菲歐的藝人通常會一炮而紅，很快就能在圓形劇場對著民眾和藝評表演並獲得掌聲（見夜生活及娛樂篇／托比莫里圓形劇場）。你得付錢欣賞這些餘興節目，不管付多少，而且要為此感到幸運。你可以在多年後說：「我頭一次聽他吹薩克斯風（或拉中提琴、吹長笛）是在北站（Gare du Nord）和蝙蝠公園（Parc Chauve-Souris）

公車
奧菲歐
Orféo[1]

1　希臘神話人物，擅長彈七弦琴。

根據一位好色的英國人所言，在巴黎勾搭女人的最佳地點是公車站，這的確是在巴黎混得很熟的外國人會有的說法。

——龔固爾兄弟
Edmond and Jules de Goncourt

公車
尤麗狄絲
Eurydice [1]

間的公車路上，膝上還枕著未婚妻。」有時樂手們會即興彈奏，讓你聽得忘了原本的目的地，生活因而開始變得隨性起來。話說回來，旅行不就是要隨性才好嗎，好讓你日後回想起這類難忘的插曲？

　　一度可以轉乘奧菲歐公車的尤麗狄絲快車一抵達東菲廣場（Denfert-Rochereau），便消失在地底下。搭上這快車的乘客都有冒險的準備，只是很多人抗拒不了，轉頭往回看[2]。如果你只打算向葬在地底墓塚的拉паλ雷致敬（就在入口附近），半小時後蹬著蒙塵的鞋子，帶著沾了泥巴的膝蓋，還有輕微的幽閉恐懼症走出來，大概會安全得多。一旦來到位於蒙帕納斯大道上寬敞輝煌的圓頂咖啡館，就可以迅速將不快全甩掉。

1 奧菲歐的妻子。
2 典出奧菲歐下地獄救亡妻的故事。奧菲歐為了救死去的妻子，曾下地獄向閻王求情，閻王答應讓他妻子回到人間，條件是離開地獄之前奧菲歐不能回頭望妻子。

公車
茨岡
Tzigane [1]

　　茨岡公車尤其適合沒有特定目的地，拎著大包小包，隨身的各種生活用具、手鐲腳鐲和發黑的鍋壺都咯咯作響的人。車上不僅可以抽菸，如果你抽吉丹（Gitanes）牌的菸[2]，還會鼓勵你盡

量抽。女人請遮掩妳的腳踝，它們太淫蕩了，千萬別被人看見。

1 匈牙利吉普賽人。
2 Gitanes（吉普賽）就是茨岡。

　　沒錯，名稱乍看很像布夫塔街的某家餐館[1]，但它確實是公車，行駛路線依循嚴謹的幾何圖形，車上供應希臘起司派（tiropitas）、菠菜派（spanakopitas）以及切成正方形、菱形、三角形和平行四邊形的小三明治和糕點（一些藝術學院的建築系學生在阿基米德廚房工作，練習一輩子要製作的模型——參見住宿篇／莫斯塔旅館）。由於行駛棋盤式路線的強烈傾向使然，沒人留意時這公車多半會開出巴黎城外，或穿越庭院和公園。

　　跳房子公車（以柯塔薩的小說《跳房子》命名，小說場景分別在巴黎和布宜諾斯艾利斯）往返藝術橋，有時會接上62號公車，並在植物園（參見夜生活及娛樂篇／布宜諾斯艾利斯走道）裡靠近蠑螈出沒處載耳根子軟的稀有乘客上車。跳房子公車和人身牛頭怪（Minotaure）公車密切合作，後者穿越迷宮，不管是形而上的或形而下的。如果這把你搞糊塗了，跟哲學時光咖啡館裡的專家聊聊，多少會有所幫助。

去渴望全世界是火，
而得到之後是煙。
　　　　——茨岡諺語

公車
阿基米德樂滔滔
Aux Délices
d'Archimède

走上環城快速道路
（Péripherique）
的另一條路是悲愴奏鳴曲
（Pathétique）

1 指慕夫塔街（rue Mouffe-
tard）的愛神樂滔滔餐
館（Les Délices d'Ap-
hrodite）。

公車
跳房子
Marelle

在聖保羅里沃利街
69路公車站:

我穿著斗篷,就是惹得西西里王街(rue du Roi de Sicile)上的法國老頭子說「喔,它讓我想起摩洛哥!」的那一件,也是我在夢中穿的那件(事實上我把它蓋在身上睡覺)。當時夢中有人指著我說:「她是地理學家」。西西里王街本身就是一部地理教材——一個醜怪而雜亂的地方。回頭來談公車站:我和一對從阿爾及利亞來的夫婦熟了起來,三人一同在那兒等車,上地理課。她摸我的斗篷,納悶說這衣服是用哪種神話動物的皮毛製的(註:為何這種事總被他人的衣服引發?)他告訴我阿爾及利亞有座城,居民從不離開,也沒有人前往。一個全然自給自足的城市,由城牆包圍,與世隔絕。她繼續摸斗篷,然後說出她剛想到的字眼:「駱馬毛呢絨」。

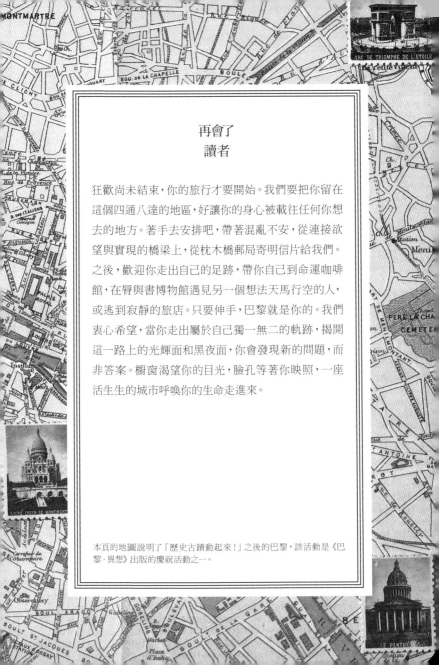

再會了
讀者

狂歡尚未結束，你的旅行才要開始。我們要把你留在這個四通八達的地區，好讓你的身心被載往任何你想去的地方。著手去安排吧，帶著混亂不安，從連接欲望與實現的橋梁上，從枕木橋郵局寄明信片給我們。之後，歡迎你走出自己的足跡，帶你自己到命運咖啡館，在脣與書博物館遇見另一個想法天馬行空的人，或逃到寂靜的旅店。只要伸手，巴黎就是你的。我們衷心希望，當你走出屬於自己獨一無二的軌跡，揭開這一路上的光輝面和黑夜面，你會發現新的問題，而非答案。櫥窗渴望你的目光，臉孔等著你映照，一座活生生的城市呼喚你的生命走進來。

本頁的地圖說明了「歷史古蹟動起來！」之後的巴黎，該活動是《巴黎·異想》出版的慶祝活動之一。

P. 53: Guillaume Apollinaire, from *Alcools*, translated by Anne Hyde Greet. © 1965 by The Regents of the University of California. Berkeley: University of California Press, 1965.

P. 82: Guillaume Apollinaire, from "La jolie rousse" ("The Pretty Redhead"), from *Calligrammes*, © 1925 by Editions Gallimard. "The Pretty Redhead" translated by James Wright, from *Collected Poems*, by James Wright. Hanover, N.H.: Wesleyan University Press, 1971.

P. 75: Louis Aragon, from "Tapestry of the Great Fear," translated by Malcolm Cowley, from *Le Crève-cœur*. France: Librairie Gallimard, 1941.

Pp. 11, 87, 132, 146: Louis Aragon, from *Paris Peasant*, translated by Simon Watson Taylor. Translation © 1971 by Jonathan Cape Ltd. London: Picador Classics, 1987.

P. 60: Honoré de Balzac, "Colonel Chabert," from *The Short Stories of Balzac*. New York: Dial Press, 1948.

P. 84: Charles Baudelaire, "The Eyes of the Poor." *The Parisian Prowler: Le Spleen de Paris. Petits Poèmes en prose*. Translated by Edward K. Kaplan. © 1989 by Edward K. Kaplan. Athens, Georgia: The University of Georgia Press, 1989.

P. 51: Nina Berberova, from "The Tattered Cloak," from *The Tattered Cloak and Other Novels*, translated from the Russian by Marian Schwartz. © 1990, 1991, by Marian Schwartz. New York: Alfred A. Knopf, Inc., 1991.

P. 28: André Breton, from "A Man and Woman Absolutely White," from *Clair de Terre*, © 1966 by Editions Gallimard. Reprinted by Permission of Georges Borchardt for Editions Gallimard. Translated by David Antin, translation reprinted by permission of David Antin.

Pp. 104, 118: André Breton, from "Vigilance," from *Clair de Terre*, preceded by *Mont de Piété*, followed by *Le Revolver à cheveux blancs* and *L'Air de l'eau* (1966). "Monde" ("World") taken from *Poèmes* (1949). © 1949, 1966 by Editions Gallimard. Translation © 1966 by Michael Benedikt (from Breton's *Poèmes*). Translation © 1949 by Michael Benedikt. Reprinted by permission of Georges Borchardt, Inc.

P. 124: André Breton, from *Nadja*, translated by Richard Howard. © 1960 by Grove Press, Inc. New York: Grove Press, Inc., 1960.

Pp. 67, 153: Anthony Burgess, *Homage to Qwert Yuiop*. © 1986 Anthony Burgess. London: Hutchinson, 1986.

P. 104: Blaise Cendrars, from *To the End of the World*, translated from the French by Alan Brown. Translation © 1966 by Alan Brown. New York: Grove Press, Inc. Originally published as *Emmène-moi au Bout du Monde* by Editions Denoël, Paris. © 1956 by Editions Denoël, Paris.

P. 141: Colette, from "My Corset Maker," from *The Collected Stories of Colette*, edited by Robert Phelps and translated by Matthew Ward. Translation © 1983 by Farrar, Straus & Giroux, Inc. Translation © 1958 by Martin Secker and Warburg Ltd. London: Martin Secker and Warburg Ltd., 1958. Reprinted by permission of Farrar, Straus & Giroux.

P. 129: Julio Cortázar, excerpt from *Paris: Essence of an Image*, essay accompanying photographs by Alecio de Andrade. Translated from the Spanish by Gregory Rabassa. © 1981 by Julio Cortázar. Geneva: RotoVision S.A., 1981.

P. 62: *Sonia Delaunay: Rhythms and Colors*, Boston: Little, Brown and Company, 1971. Originally published as *Sonia Delaunay: Rythymes et Couleurs*, Jacques Dumase, editor. Paris: Hermann, 1971. Reprinted by permission of Little, Brown and Company.

P. 82: Lawrence Durrell, from *Balthazar*. © 1958 by Lawrence Durrell. London: Faber and Faber, 1962.

Pp. 28, 94: Richard Ellman, from *Oscar Wilde*. © 1988 by Richard Ellman. New York: Alfred A. Knopf, 1988.

P. 101: Richard Ellman, from *James Joyce*. © 1959, 1982 by Richard Ellman. Rev. ed. New York: Oxford University Press, 1982.

Pp. 99, 156: Edmond de Goncourt, from *Pages from the Goncourt Journal*, edited, translated, and introduced by Robert Baldick. Translation © 1962 by Robert Baldick. London: Oxford University Press, 1962.

P. 135: Max Jacob, from "Ballad of the Night Visitor," translated by William Kulik, from *The American Poetry Review*, March/April 1994, and Kulik's work in progress, *The Selected Poems of Max Jacob*. Printed with permission of William Kulik.

P. 20: Gilbert Lascault, from *Un Monde Miné*. Paris: Christian Bourgois Editeur, 1975.

P. 117: Osip Mandelstam, from "The French," in *Journey to Armenia*, from *The Noise of Time: The Prose of Osip Mandelstam*, translated by Clarence Brown. © 1965 by Princeton University Press. San Francisco: North Point Press, 1986.

Pp. 60, 63: George D. Painter, *Proust: The later years*. © 1965 by George Painter. Boston: Little, Brown and Company, 1965.

P. 125: Jean-Jacques Passera, from "Paris" in *Exquisite Corpse*. © 1985, 1995 by Jean-Jacques Passera. Printed with permission of Jean-Jacques Passera.

Pp. 112, 124: Frederick Prokosch, from *Voices: A Memoir*. © 1983 by Frederick Prokosch. New York: Farrar, Straus & Giroux, Inc., 1983.

P. 143: Raymond Queneau, from *Excercises in Style*, translated by Barbara Wright. © 1947 by Editions Gallimard. © 1958, 1981 by Barbara Wright. © 1958 by Gaberbocchus Press. New York: New Directions Publishing Corporation, 1981.

Pp. 103, 106: Raymond Queneau, from *Zazie in the Métro*, translated by Barbara Wright. Translation © 1960, 1982 by Barbara Wright. London: John Calder Publishers, Ltd., 1982.

Pp. 40, 107, 116: Rainer Maria Rilke, from *The Notebook of Malte Laurids Brigge*, translated by John Linton. Translation © 1930 by The Hogarth Press. London: The Hogarth Press, 1972.

P. 80: Jacques Roubaud, *Roubaud's Law of Butter Croissants*, from *The Great Fire of London: A story with interpolations and bifurcations*, translated by Dominic Di Bernardi. Originally published by Editions de Seuil, © 1989 by Editions du Seuil. Translation © 1991 by Dominic Di Bernardi. Reprinted with permission of Dalkey Archive Press, Normal, Illinois.

P. 134: Claude Royet-Journoud, from "The Crowded Circle," originally published as "Le Cercle nombreux," in *Le Renversement*, © 1972 by Editions Gallimard. Translated by Keith Waldrop, from *Reversal*. Hellcoal First Edition Series, 1973.

P. 120: Maya Sonenberg, from "Nature Morte," in *Cartographies*. © 1989 by Maya Sonenberg. Hopewell, N. J.: Ecco Press, 1990. Reprinted by permission of The Ecco Press.

P. 19, 95: Paul Valery, from "The Bath," translated by Louise Varèse, and from "Song of the Master-Idea," from *Selected Writings of Paul Valéry*. © 1950 by New Directions. New York: New Directions Publishing Corp., 1950. Reprinted by permission of New Directions Publishing Corp.

作者群感謝下列對此書有貢獻者：

我們的編輯Annie Barrows、Karen Silver。審稿編輯Anne Hayes、Brenda Eno、Pamela Geismar、Andrea Hirsh、Marike Gauthier、Danielle Mémoire、Rastislav Mrazovac、Linda Parker-Guenzel、Grace Fretter、Camilla Collines、Guillaume Pineau des Forêts、Sylvie Bourinet、David Gay、Jean-Jacques Passera、Alain Bloch、Marisa Mascarelli、Irene Bogdanoff Romo、Richard Press

本書插圖來源出自以下圖片局部：

p. 2：L'Homme aux ailes voiles: Used with the permission of Roger Viollet. © Boyer/Viollet

p. 130: O Pti Cien: 1902: Used with the permission of the Bibliothèque Nationale de France.

Endpapers: ©1988 Edward Bawden. Used with the permission of the estate of Edward Bawden.

Pp. 55, 56, 66, 74, 142: Bowles and Carver. Catchpenny Prints: 163 Popular Engravings from the Eighteenth Century. New York: Dover Publications, Inc., 1970.

Pp. 41, 50, 55, 62, 108, 132, 136, 137, 145: Grafton, Carol Belanger. 3,800 Early Advertising Cuts: Deberny Type Foundry. New York: Dover Publications, Inc., 1991.

Pp. 23: Grafton, Carol Belanger. Treasury of Animal Illustrations From Eighteenth-Century Sources New York: Dover Publications, Inc., 1988.

Pp. 5, 29, 113, 118: Griesbach, C. B. Historic Ornament: A Pictorial Archive. New York: Dover Publications, Inc. 1975.

P. 57, 141: Hart, Harold H., Hart Picture Archieves. Compendium, Vol. 1. New York: Hart Publishing Co., Inc. 1976.

Pp. 30, 31, 35, 55, 56, 57, 107, 114, 156: Harter, Jim. Animals. New York: Dover Publications, Inc. 1979.

P. 142: Harter, Jim. Food And Drink: A Pictorial Archive from Nineteenth-Century Sources. New York: Dover Publications, Inc. 1979.

Pp. Endpaper, 64, 65, 72, 73, 82, 97, 103, 122, 136, 138, 138, 140: Heck, J.G. The Complete Encyclopedia of Illustration. New York: Park Lane. 1979.

P. 54 Lehner, Ernst and Johanna. Picture Book of Devils, Demons and Witchcraft. New York: Dover Publications, Inc. 1971.

Pp. 24-25, 59, 93: Speltz, Alexander. The Styles of Ornament. New York: Dover Publications, Inc. 1959.

其餘插圖出自私人收藏，這一切的用心均為了營造可信的意象。

日後接獲任何指正，將在再版中補充說明。

作者

凱倫‧伊莉莎白‧高登 Karen Elizabeth Gordon

作家兼插畫家，著有《吸血鬼的高級文法課》*The Deluxe Transitive Vampire*，一本穿越語言迷宮的指南；《紅鞋及其它古老童話》*The Red Shoes and Other Tattered Tales* 以及《貪婪的謬思》*The Ravenous Muse*。

芭芭拉‧赫吉森 Barbara Hodgson

身兼作家和書籍設計師，著作多元而豐富，擅長融匯古今、貫穿歷史，將藝文等元素巧妙融合其中，以生活化的方式傳達予讀者。其作品因此又被稱為 Illustrated Novel（圖文小說）。著有《怪遊義大利：瑰麗迷人的率性之旅》*Italy Out of Hand: A Capricious Tour*（時報出版）、《襯裙、驛馬車、愛冒險的女人》*No place for a lady*（山岳出版）。

尼克‧班塔克 Nick Bantock

圖文創作者，為紐約時報暢銷作家，著有暢銷書《葛瑞夫與莎賓娜三部曲》*Griffin & Sabine Triology* 等。

譯者

廖婉如

輔仁大學應用心理學系畢業，紐約大學教育心理學碩士。曾任技術學院講師，現為自由譯者。譯有《巴黎藍帶廚藝學校日記》、《義大利麵幾何學》、《紐約的窗景，我的故事》、《廚房裡的身影》等多本譯作。

Eureka 52‧ME2052

巴黎‧異想
Paris Out of Hand: A Wayward Guide

作者	凱倫‧伊莉莎白‧高登 Karen Elizabeth Gordon
	芭芭拉‧赫吉森 Barbara Hodgson
	尼克‧班塔克 Nick Bantock
譯者	廖婉如
審訂	林郁庭
美術設計	鄭宇斌
總編輯	郭寶秀
責任編輯	李雅玲

發行人	涂玉雲
出版	馬可孛羅文化
	104台北市民生東路2段141號5樓
	電話：02-25007696
發行	英屬蓋曼群島商家庭傳媒股份有限公司城邦分公司
	台北市中山區民生東路二段141號2樓
	客服服務專線：(886) 2-25007718; 25007719
	24小時傳真專線：(886) 2-25001990; 25001991
	服務時間：週一至週五9:00～12:00；13:00～17:00
	劃撥帳號：19863813 戶名：書虫股份有限公司
	讀者服務信箱：service@readingclub.com.tw
香港發行所	城邦（香港）出版集團有限公司
	香港灣仔駱克道193號東超商業中心1樓
	電話：(852) 25086231 傳真：(852) 25789337
	E-mail：hkcite@biznetvigator.com
馬新發行所	城邦（馬新）出版集團
	Cite (M) Sdn. Bhd. (458372U)
	11 Jalan 30D/146, Desa Tasik, Sungai Besi,
	57000 Kuala Lumpur, Malaysia
	電話：(603) 90563833 傳真：(603) 90562833

輸出印刷	前進彩藝有限公司
初版一刷	2012年11月
初版二刷	2014年9月
定價	580元（如有缺頁或破損請寄回更換）
	版權所有 翻印必究

國家圖書館出版品預行編目 (CIP) 資料

巴黎‧異想／凱倫‧伊莉莎白‧高登 (Karen Elizabeth Gordon)，芭芭拉‧赫吉森 (Barbara Hodgson)，
尼克‧班塔克 (Nick Bantock) 著；廖婉如譯.
-- 初版. -- 臺北市：馬可孛羅文化出版：家庭傳媒城邦分公司發行, 2012.11
　　面；　　公分. -- (Eureka；ME2052)
譯自：Paris out of hand : a wayward guide
ISBN 978-986-6319-54-9 (精裝)

874.6　　　101018369